塩

事《じ》故《こ》物《ぶっ》件《けん》ハネムーン

藤《ふじ》崎《さき》 都《みやこ》

ILLUSTRATION：二《にの》宮《みや》悦《えつ》巳《み》

事故物件ハネムーン

LYNX ROMANCE

CONTENTS

事故物件ハネムーン

1

「あの事故物件に住めってことですか!?」

天海久也《あまみひさや》は職場にいることも忘れて、思わず大きな声を出した。

「天海くん、声が大きいよ」

フロア中に響《ひび》いた声を部長の中原《なかはら》に注意され、慌《あわ》てて声を潜《ひそ》める。

「す、すみません。いや、でも、今回は社員寮に入れるって話だったのに、どうして社宅なんですか？　しかも、事故物件なんて――」

「すまんな。ちょっと事情が変わったんだよ」

「そんな……！」

中原は口先で謝りつつも、あまり悪びれた様子はない。気さくで話しやすく、頼りになる上司ではあるけれど、大雑把《おおざっぱ》なところが玉に瑕《きず》だ。

（今度こそ社員寮に入れると思ってたのに……）

中途半端な時期に社員寮への入寮申請《しんせい》をしたのは、これまで住んでいたワンルームマンションが他社の土地開発の区画に入ってしまい、取り壊されることになったためだ。

急な話だったので立ち退《の》き料が過分《かぶん》にもらえることにはなったけれど、立ち退き期限まではそう余裕がない。そんなこんなで急いで引っ越し先を探していたとき、会社の社員寮に空きが出るという噂《うわさ》を耳にしたというわけだ。

社員寮は、建物自体は古いものの、食事は味も量も栄養バランスも最高だと評判だ。立地もよく人気が高い。かく云う久也も入社時に申請をして、残念ながら抽選《ちゅうせん》に落ちた口だ。

基本的に給料の安い独身の若手に優先的に割り当てられるのだが、ここ数年結婚する社員が少なく社員寮の空きがなかなか出なかった。

実家への仕送りや奨学金《しょうがくきん》の返済を考えると、家賃補助を受けて部屋を借りるよりも寮費のほうが割安なのも魅力的なのだ。

今回こそはこのチャンスを逃《のが》すまいと、急いで入寮申請を出したのだが――。

「けど、いいじゃないか。一等地のタワマンに住む経験なんてそうそうないぞ。キッチンも立派だし、風呂も広い。通勤の便も最高だしな！」

中原から社宅として住むように云われている部屋は、渋谷《しぶや》にある自社のタワーマンションの一室だ。複合商業施設と併設《へいせつ》されたそれは周辺の再開発を兼ねて手がけた会社の一大事業で、社運を賭けたプロジェクトだった。

「でも、例の事故物件なんですよね？」

「まあ、それはそうだな」

「断固としてお断りです！」

「供養《くよう》もすんでるし、リフォームもしてある。事故物件なんて人聞きの悪い呼び方をするんじゃない。どの部屋だって大事な物件の一つだろう？」

「それはそうかもしれませんけど…。そもそも担当部署の誰かじゃダメなんですか？」

入社五年目の久也は、大手の総合建築メーカー白鹿建設《はくしかけんせつ》で小規模な集合住宅の営業を担《にな》っている。

基本的には駅前などの利便性の高い土地や遊休地《ゆうきゅうち》を所有する個人オーナーや企業に対してアパート運営や店舗つき住宅などの提案をし、サポートしていくのが主《おも》な仕事だ。土地開発も含む大規模なタワーマンションなどは部署が違う。

「希望者を募《つの》ったんだが、みんないま住んでるところから動きたくないって云うんだよ」

「だからって――」

ちょうどいいところに新居を探している久也が現れ、白羽の矢を立てたのだろう。簡単に云えば、貧乏くじを引かされるということだ。

「とりあえず、三ヶ月だけ住んでくれないか？　そうしたら、今度こそ社員寮に入れるようにしてやるから」

「三ヶ月も!?　俺、何て云うかその……そういうのがちょっと苦手なんですよね……」

見栄を張って言葉を濁《にご》したが、本当はちょっとどころではない。

久也には苦手なものが三つある。ピーマンとゴキブリと幽霊だ。特に幽霊に関しては、明らかに作り物感満載のお化け屋敷すら入れないレベルで怖い。

いままでそれらしきものが見えたことも体験したこともないけれど、幽霊の存在が証明できていないということは、『存在しない』ということにも確証がないということだ。

「そういうの、というのは心霊現象のことか？」

「し、仕方ないじゃないですか！　怖いものは怖いんですから……」

あの部屋がいわゆる『事故物件』となったのは、当時の入居者である若き経営者があの部屋で亡くなったためだ。

（当時は会社中が大騒ぎだったよな……）

一年ほど前、訪ねていった恋人によってリビングで倒れて亡くなっている彼が発見された。その時点で死後数日経《た》っていたらしい。

後頭部に外傷《がいしょう》、財布も見つからなかったことから、すわ、強盗殺人事件かと思われた。

しかし、その後の捜査の結果、頭を打ったのは亡くなる数時間前だということと、帰宅前に泥酔《でいすい》した彼が飲食店で他の客と揉《も》めていたことが判明した。

揉み合いの最中に頭を強打したものの本人は酷《ひど》い怪我《けが》だという自覚もないまま帰宅し、その後脳内出血で倒れたのだろうという結論に至ったと伝え聞いている。

部屋で倒れたときに誰かが傍にいれば、すぐに病院に運ばれ助かったかもしれない。そう思うと胸が痛むが、もしも彼があの部屋に幽霊として居座《いすわ》っているのだとしたら顔を合わせたくはない。

「まさかお前、あの部屋に幽霊が出るって噂話を本気で信じているのか？」

「部長は信じてないんですか？」

「そんなものいるわけないだろう。幽霊の正体見たり枯《か》れ尾花《おばな》って云うじゃないか。怖いと思うから、風の音すら怪しく感じるんだよ。現に心霊番組で紹介されてる事案のほとんどが捏造《ねつぞう》だって話だぞ。そろそろ学生気分からは卒業しろ」

「…………」

滔々《とうとう》と諭《さと》され、口を噤《つぐ》む。中原の云うとおりかもしれないが、『ほとんど』ということは僅《わず》かでも『本物』があったということではないか。しかし、いまは幽霊の実在について議論しても意味はない。

「大体、何であの物件を社宅に使うことにしたんですか？　確か、新しい契約者が住んでましたよね？　賃料ウン十万円の物件を割安で社員に使わせるなんてどう考えてもおかしいでしょう」

「先月、退居したんだ。ちょうど空いたところだったんだよ」

「普通に次の人に貸せばいいじゃないですか」

「いやまあ、それができればいいんだが、ちょっと問題があってな……」

「問題？」

「あの部屋で出るって噂がマンション内で広まっていて、他の部屋の住人から苦情が入ったんだ。起きてしまったことは仕方がないが、心霊現象なんて噂があると色々と支障が出るってな」

「やっぱり出るんじゃないですか！」

分譲物件を貸し出している家主もいる。そういった人物にとっては、何よりも評判が大事だ。

近年、事故物件は一部の界隈《かいわい》で人気だ。心理的瑕疵《かし》により入居者が集まりにくくなった結果、安くなった賃料が大きな魅力らしい。

だが、賃料が下がるということは、資産価値が下がるということだ。噂がさらに広まれば、他の部屋にも影響が出かねない。

「噂は噂であって事実とは限らない。現に念のため一通りの調査を入れたものの、何の不具合も見つからなかったからな」

「元の住人は何て云ってたんですか？」

「毎晩、家中を歩き回る足音が聞こえてきて眠れないって」

「足音……」

想像していた以上に本格的な心霊現象ではないか。

「きっと上の部屋の物音が変な伝わり方をしただけだろうとは思うがな。ほら、住んでみたら、調査でわからなかった原因もわかるかもしれない」

「何で俺が――って、もしかして、俺がちょうど社員寮の申請を出したからですか？」

「何事もタイミングというものがあるからな。というわけで、もしも心霊現象らしき事象が起こったら、その原因を突き止めて欲しいんだ。もし何もなかったら、それはそれで『噂』を否定できるだろう？」

会社としては原因不明の不具合よりも、それに付随《ふずい》する噂のほうを気にしているようだ。

「結局仕事じゃないですか……。本当に原因が心霊現象だったらどうすればいいんですか？」

「だから幽霊なんているわけないだろう。引っ越し代も経費で出すし、上手くやってくれたらボーナスの査定も考える」

「ボーナス……」

『上手くやってくれ』というのは、事故物件に関する『噂』をどうにかしろということだろう。

安易に了承して後悔する未来が、いまからすでに見えている。ボーナスという魅惑的《みわくてき》な言葉に心が揺れるが、ここは強い意志で断るべきだ。

「今回はお前しか頼れないんだよ。私にできることなら何でも協力する。このとおりだ、頼む！」

そんなふうに云われてしまうと、断りにくい。久也は幼い弟たちの面倒を見ながら育ってきたためか、頼られると弱いのだ。

それに、いま住んでいるマンションから来月には出なくてはならない。家賃、引っ越し代、査定――諸々《もろもろ》を恐怖と秤《はかり》にかける。

「……わかりました。三ヶ月だけなら……」

「引き受けてくれるか！　天海ならそう云ってくれると思っていた！　いやあ、本当に助かるよ」

肩を力強く叩《たた》かれ、苦笑いを浮かべながら顔を顰《しか》める。

押しに負けて承諾《しょうだく》してしまったが、本当によかったのだろうか。久也はすでに後悔し始めていた。

2

「どこもかしこもすごいな……」

日曜日の昼下がり、入居する予定の六十階建てのタワーマンションに足を踏み入れた久也は、ハイクラスのホテルのようなエントランスに圧倒され、ぽかんと口を開けた。

三階の高さまで吹き抜けになっており、中央には大きなフラワーアレンジメントが生けられている。集合住宅専門の営業をしているとは云え、ここまでの高級物件には縁がない。

「いらっしゃいませ。お約束はおありですか？」

呆《ほう》けた顔であちこち眺《なが》めていたら、びしっとスーツを着こなした男性のコンシェルジュに声をかけられた。

「ええと、今度こちらに住むことになった天海と申します。引っ越し前に下見をしようと思いまして……」

間違えて入り込んでしまったと思われたのだろう。カードキーと社員証を見せると、コンシェルジュは得心《とくしん》した顔になった。

「天海さまですね。伺っております。お部屋までご案内いたします。お荷物もお預かりいたしますね」

「いえ！　自分で持っていくから大丈夫です」

彼の申し出を断り、デイパックを抱《かか》え直す。まるでホテル並のサービスに、すでに腰が引けていた。

廊下には絨毯《じゅうたん》。エレベーターは十基あり、いくつかは高層階専用になっていた。その一つに乗り込み、五十五階を目指すとあっという間に到着する。

コンシェルジュはロビーとは違う色の絨毯を進んでいき、突き当たりの部屋の前で足を止めた。

「天海さまのお部屋はこちらになります。電気、水道、ガスはすでに使えるようになっております。ご不明な点やお困りのことがありましたら、お気軽にお申しつけくださいませ」

「初めてだと迷子《まいご》になりそうですね」

「皆様そう仰《おっしゃ》いますが、私どもがおりますのでご安心を」

気軽にと云うが、心霊現象が起きたときも頼りにしていいのだろうか。そう思い、質問を口にした。

「あの、この部屋の噂って耳にしたことありますか？」

「……さあ、何のことでしょうか」

一瞬の沈黙のあと、にこやかに流されてしまった。探りを入れたかったのだが、下世話な噂話には乗らないということなのだろう。

（まあ、当然『噂』を知ってはいるだろうけど……）

笑顔で流されたことで、却《かえ》って現実味が増す。マンション内で想像以上に噂は広まっているのかもしれない。久也は覚悟を決め、唾《つば》を飲み込んだ。

コンシェルジュを見送ったあと、緊張しながら玄関にカードキーを翳《かざ》した。

心の底から祈りながら、恐る恐るドアを開ける。久也の鼓動《こどう》はいつになく早鐘を打っている。恐怖で額にじっとりと冷や汗も掻《か》いていた。

(出ませんように)

「お邪魔しまーす……」

おずおずと足を踏み入れた玄関は、廊下の突き当たりにあるドアの磨《す》りガラスから漏《も》れる日の光でうっすらと明るくなっていた。

警戒したわりに室内は至って普通だった。嫌な空気もなく、ほんのりとミントの香りがする。シューズボックスの上に置かれたイミテーションフラワーが芳香剤《ほうこうざい》になっているようだ。

照明のスイッチを押してみるが、パチパチと音がするだけで何の反応もない。

「電気はつかないのか」

入居前のため、ブレーカーを落としてあるのだろう。ブレーカーの場所がわからないので、一先《ひとま》ずスマートフォンを取り出し、ライトをつける。

内装はオフホワイトで統一された壁紙に、ナチュラル系の床材。まるで新築のように、隅々《すみずみ》まで綺《き》麗《れい》にリフォームされていた。

油断は禁物だ。それらしい気配がないのは、まだ昼間だからかもしれない。デイパックを抱え直し、靴を脱いで部屋へと上がる。バッグの中には心霊対策の除霊グッズが入っている。つけ焼き刃だが、ネットで検索してきた。

まずは粗塩《あらじお》だ。精製されていない塩は、場を清める効果があるという。

建物の戸口などで小皿に盛って置かれているのを見かける。玄関や水回りの近くに置くと、浄化効果で運気が上がると専門書に書かれていた。

もう一つの強い味方はスプレータイプの空間用消臭剤。このところ、まことしやかに幽霊に効くと云われている。空気を清浄《せいじょう》にすることが除霊の基本らしい。

（あとはこれだ）

久也はバッグのポケットに忍ばせていた紙切れを取り出した。インターネット検索で辿《たど》り着いた呪《じゅ》術《じゅつ》専門の通販サイトで買ったものだ。

中国のホラー映画などでよく目にするタイプのお札《ふだ》で、久也には何と書かれているかは読めないが、これを部屋の四隅《すみ》に貼れば霊は入ってこられないとのことだった。

万が一、部屋に幽霊が居座っているのだとしても寝室だけは死守したい。毎晩、幽霊に怯《おび》えて寝つけないなんて事態は回避したい。

お札を顔の前に掲《かか》げながら、部屋を覗《のぞ》いていく。

玄関横には来客用のトイレがあり、突き当たりの磨りガラスのドアを開けると広々としたリビングダイニングが現れた。

「うわ、やっぱタワマンはすごいな……」

軽く三十畳以上の空間に絶句する。天井も高く、大きな掃《は》き出し窓の向こうには広いベランダが続いていた。

しかし、この広さだと持参した粗塩では到底足りないのではないだろうか。お札も四隅だけでは正直心許《こころもと》ない。

「――ちょっと待てよ。ここで発見されたんだっけ」

室内に一歩足を踏み入れた久也は、重大な情報を思い出した。

ここを訪ねてきた恋人が、リビングで倒れている住人を見つけて通報したのだと聞いている。

亡くなったことは痛ましく思うが、彼の魂が成仏《じょうぶつ》できずにまだ家の中にいるのではと思うと平常心ではいられない。

床材と壁紙は全面的に貼り替えたと聞いているため、そのときの名残《なごり》はどこにも見受けられない。だが、ここで人が亡くなったことは紛《まぎ》れもない事実なのだ。

当時のことを想像すると、これ以上先には足を踏み出せなかった。

引き返そうとしたその瞬間――バンッと音を立てて背後のドアが閉まった。

「ひっ」

反射的に喉《のど》の奥で悲鳴を上げてしまう。全身で警戒しながら四方を見回したが、特に変わったところは見当たらない。

きっとドアの蝶番《ちょうつがい》が緩《ゆる》くなっていたせいで、僅かに空気が流れ、閉まってしまったに違いない。窓は一つも開いてはいないが、換気口というものがある。

「……先に他の部屋を見に行くか……」

怖《お》じ気づいた久也はリビングダイニングからそろそろと逃げ出し、玄関まで戻って個室のあるほうへと進んだ。

廊下の左右にドアがある。まず右側のノブを回して覗いてみると、脱衣所を兼ねた洗面所だった。照明がつかないため、窓のないバスルームで頼りになるのはスマートフォンの明かりだけだ。

「こ、ここも後回しでいいよな」

水場には霊が集まりやすいと聞く。それを思い出し、そっと閉める。

ドキドキしながら反対側のドアを開けると、七畳ほどのサービスルームだった。窓一つない部屋だが、不穏な空気は感じない。

その先の突き当たりには三つのドアがあった。悩んだ結果、左から順に見ていくことにする。

「ここが主寝室か」

最初に入った部屋は十五、六畳ほどの広さだった。大きなクローゼットに開放感のある窓。その向こうにはベランダもついている。

この部屋に久也のベッドや家具を全て持ち込んでも、半分も埋まらないだろう。

室内を見回していて、もう一つドアがあることに気がついた。

「このドア何だろ？　ウォークインクローゼットかな」

何気なくノブに手をかけようとしたそのとき、中からコンッという音がした。

（え？　いま、何か音がしたよな……？）

木材や鉄筋は気温によって膨張《ぼうちょう》収縮《しゅうしゅく》を繰り返すため、新築の間は比較的大きめの家鳴《やな》りがする。

しかし、このマンションは完成して数年経っている。その可能性は低いはずだ。

（まさか、ラップ音……？）

霊が起こすという現象の一つが脳裏《のうり》を過《よぎ》る。

息を殺していたら、ノブがゆっくりと下がっていった。

久也は指一本触れていない。

空気の流れで勝手に開閉することはあるかもしれないけれど、確かにいま、ノブが下がったのをこの目で見た。

つまり、人知の及ばない力が働いたということでは――。

ごくりと喉を鳴らした次の瞬間、ドアが内側から開き、そこからぬっと黒い人影が現れた。

「ぎゃー！」

久也はパニックに陥《おちい》りながらも、バッグから急いで空間消臭剤を取り出そうと試みた。だが、布地を途中で噛《か》んでしまったようで、なかなかファスナーが開かない。

ふと手にお札を持っていることを思い出す。

「あっ、悪霊退散……！」

泣きそうになりながら必死にお札を突きつけると、幽霊は小さくため息をついた。

「そんなにびびらないでくださいよ、先輩」

ため息だけでなく、宥《なだ》めるような声までする。しかも、久也のことを『先輩』と呼んだ。幽霊に知り合いはいないはずだが――。

「よく見てください。幽霊じゃなくて人間です」

「へ……？」

お札を下げ、久也は怖々と顔を上げる。目の前の人影をよく見ると、どこかで見覚えのある顔だった。

「営業一課の榊《さかき》です」

「榊!?」

久也の目の前にいたのは、会社の二年後輩で営業部内一番の出世株と目されている榊静馬《しずま》だった。この仏頂面《ぶっちょうづら》は見間違えようがない。

（何で榊がこんなところにいるんだよ……！）

彼と直接のやり取りはしたことがなかったが、噂や評判はよく耳にしている。新人らしからぬ堂々とした態度と有能さで、次々と大口の契約を取ってきているらしい。上役《うわやく》からの覚えもめでたく、女子社員からの評判もいい。

能力だけでなく、容姿も完璧だ。奥二重の切れ長の目は、意外と長い睫毛《まつげ》に縁取《ふちど》られていた。顎《あご》のラインや鼻筋はシャープで唇も薄く、まさに精悍《せいかん》で端正という言葉が相応《ふさわ》しい。アナウンサーのようなさっぱりした髪型も、彼によく似合っている。不機嫌そうな無表情が笑みに変われば、一層目を引くだろう。

何でも父親が某総合商社の重役だそうで、玉の輿《こし》希望の女子社員に狙われているという話も聞いている。そんな榊に、久也は内心苦手意識を持っていた。

以前、社内で目が合ったときに、まるで親の敵《かたき》のような目で睨《にら》まれたことがあったからだ。

たったそれだけのことでと思われるだろうが、あんなふうに睨んできた相手に好印象を持つのは難しい。その一件以来、社内ですれ違いそうになるたびに久也からも避けていた。

悪感情を抱かれるような接点などなかったはずだが、何か気に食わないことをしてしまったのかもしれない。心当たりは全くないのだが。

「先輩って幽霊が怖いんですね」

真顔で告げられた唐突《とうとつ》でストレートな言葉にぎくりとする。

「べ、別にいまのは急に現れたから驚いただけで……」

久也の反論に、榊は口元を緩ませた。云い訳を見透かされたのだろうが、ウィークポイントを笑われるのは気持ちのいいことではなかった。

「驚いただけなら、その手に持ってるお札は何なんですか？」

「これはその――」

無表情で怖がっている証拠を指摘され、口ごもる。

（くそ、やっぱりこいつムカつく）

この感じの悪さは久也を見下しているからだろうか。

「そんなことより何でお前が俺の部屋にいるんだよ！　ていうか、玄関に靴なかったぞ⁉」

都合の悪い問いかけをごまかすため、逆ギレめいた質問で切り返す。引っ越しはまだだが、ここは久也が住む家なのだ。

「中原さんから聞いてませんか？　俺もこの部屋に引っ越してくるので、下見に来たんです。ちなみに靴は靴箱にしまってあります」

「は？」

全く意味がわからない。

「癖《くせ》なんです。母が玄関に靴が並んでるのが好きじゃなくて、帰ってきたら靴箱にしまうよう云われていたので」

「いや、そうじゃなくて！　この部屋に引っ越してくるってどういうことだ!?」

「この間、社員寮の入居を申請したんですけど、いまは空いてないって総務に云われたんです。代わりにこの部屋を薦《すす》められて。部屋数も多いので、天海さんとルームシェアでどうかと云われました」

「えっ、そうなの……？」

中原からは誰かとルームシェアする話など、一言も聞いていない。

「おかしいな、部長が話しておいてくれるって云ってたのに」

「そもそもお前、実家は都内じゃなかったか？　わざわざ家を出る必要なんてなくない？」

世田谷《せたがや》の一等地にある実家住まいだと女子社員たちが話していた噂で知っている。

「独《ひと》り立ちしたかったので。就職もしたのに、いつまでも実家に甘えてるわけにもいかないですし」

「普通にマンション借りたらいいだろ」

「そうしたいのは山々だったんですが、俺が遅くにできた子供のせいか、うちは母が過保護なんです。話し合いの結果、社員寮なら安心だというので」

「社宅でもいいのかよ」

「二人で住めば寮みたいなものですし」

それは詭弁《きべん》というものではないだろうか。

事故物件に一人で住むのは正直怖いが、愛想のない苦手な後輩と一緒に暮らすのも別の意味で辛《つら》い。

「――部長に連絡する」

呆然としている場合ではない。とにかく、事情くらいは説明してもらいたい。違う部屋を手配してもらうなり、ウィークリーマンションに仮住まいするなり、何か手立てを考えなければ。

「連絡しても状況は変わらないと思いますよ。いまのところ他に空きはないわけですし。社宅って云ってますけど、噂が消えるまでの時間稼《かせ》ぎに放り込まれたわけですから」

「う……」

釈然《しゃくぜん》とはしないが、榊の云うとおりなのだ。

「先輩はどうして寮の申請を出したんですか？　いままで一人暮らししてたんですよね？」

「住んでたマンションが取り壊されることになって、急遽《きゅうきょ》立ち退くことになったんだよ」

「新しい部屋が借りられなかったんですか？」

「ちょっと前に大風邪を引いて寝込んだんだ。過労と栄養不足だって医者に云われて、一人暮らしに限界を感じたんだよ。寮ならまともな飯が出るからさ」

「自炊すればいいだけじゃ？」

「俺は壊滅的《かいめつてき》に料理ができないんだよ……。自分の手料理を毎日食べてたら、余計におかしくなる」

自炊と簡単に云うが、久也には向いていない。せっかちで大雑把な性格が仇《あだ》となっている気はするが、苦手意識がこびりついているため台所に向かうことすら抵抗感があるのだ。

「料理なんて手順どおりに作るだけじゃないですか。どうやったら失敗できるんですか？」

真顔で聞かれ、カチンとくる。

「うるさいな。とにかく、食事の出てくる社員寮なら最低限の栄養は摂《と》れるし、いつでも誰かいるから万が一のときも見つけてもらえると思ったんだよ」

ゼリー飲料で凌《しの》ぎながら高熱で寝込んでいるとき、最悪の事態が脳裏を過った。

ようやく熱が引きベッドから抜け出せるようになった久也は、体のことも考えずにがむしゃらに働いてきた自分の生活を反省したのだ。

「確かに孤独死は免《まぬが》れますね」

「だろ？　しかも、家賃補助を受けるよりも安くすむ。大学の奨学金も早く返済したいし、兄弟が多いから実家に仕送りもしないとならないし」

寮に入ることができれば、食費を合わせてもかなり余裕ができる。

「へえ、天海さんって一家の大黒柱なんですね」

「まあ、一応長男だから」

独立したとしても、家族は家族だ。手助けできることはしたいし、弟たちにはできるだけ無駄な苦労はさせたくない。

「そういう責任感の強くて面倒見のいいところ、尊敬します」

「……っ。そりゃどうも……」

急に褒《ほ》められ、調子が狂う。どういうつもりだ。

「云っておくけど、お前と暮らすことにまだ同意はしてないから」

ちょっと褒められたからといって絆《ほだ》されたりはしない。

「逆に聞きたいんですが、先輩はここで一人で暮らしたいってことですか？」

「当たり前だろ、そのつもりで来たんだから」

「どうしても先輩が嫌だって云うなら俺は辞退します。……でも、本当に大丈夫なんですか？」

「何がだ？」

しつこく念を押され、苛《いら》ついてくる。

「あんなに怖がりなのに、出るって云われてる曰《いわ》くつきの事故物件に一人で住むなんてずいぶん勇気がありますね」

「——う」

榊の指摘に答えに詰まる。

「噂は噂だろ……」

そう口にしながら、自分の目が泳いでいるのがわかった。

「でも、その噂を信じてるからお札を用意してきたんですよね？　火のないところに煙は立たないって云いますし、さっきもリビングで嫌な空気を感じました」

「マジで!?」

榊の何気ない言葉に久也は飛び上がりそうになった。リビングの確認を後回しにして正解だったかもしれない。

「噂だと家中を徘徊《はいかい》する足音が聞こえるっていうじゃないですか。どの部屋に出るかわからないですよね。まあでも、先輩が一人で大丈夫だって云うなら――」

「わ、わかった！　わかったからここで怖い話をするな!!　前向きに考えてみるから！」

「よかった。俺も一人じゃ心細いと思ってたんです」

「………」

全く心の籠《こ》もっていなさそうな言葉だが、信じていいものか。久也は胡乱《うろん》な眼差しを榊へ向けた。

3

「ちょ、忘れてたって――よくないですよ！　急に一緒に暮らせって云われても……」

とりあえず、久也は玄関に移動し、ルームシェアの件を問い詰めるために中原に電話をかけた。休日のため家族サービス中のようで、背後から子供の声が聞こえてくる。

中原曰く、久也と榊がルームシェアをすることは決定事項で、それが嫌なら自分で賃貸を借りるしかないということだった。

『いいじゃないか、一人でも二人でも。せっかくだから仲よくやったらどうだ？　若手のホープから刺激を受けることもあるかもしれないぞ。むしろ二人のほうが心強いだろう？』

「いや、でも……」

事故物件についての不安を突かれると弱い。

『それに新しく部屋を探すのは大変なんじゃないか？　引っ越し業者も手配済みなんだろう？　三ヶ月なんてあっという間だって』

「……そう、ですね……」

苦情の電話だったにも拘《かか》わらず、結局、中原に云いくるめられてしまった。

親しくもない相手と暮らすのは気まずいが、確かに一人よりは心細くない。榊の態度のデカさに苛つくが、幽霊が怖くない人間がいるのは正直助かる。

(背に腹は代えられないってことか)

期限は三ヶ月。少し長い部活の合宿みたいなものだと思えば我慢もできるかもしれない。これも仕事の一環ではあるし、一生続くわけではないのだから、ある程度の不満には目を瞑《つむ》れるはずだ。

「どうするか決まりましたか？」

ぶつぶつと呟《つぶや》きながら自分を納得させていたら、榊が久也の様子を伺いに来た。

「……どうもこうも、お前と住むしかないみたいだ」

前向きな決断とは云い難《がた》いが、やむを得ない。宮仕えの身では会社命令は受け入れるしかないのだ。

「心が決まってよかったですね。早速ですが、他の部屋も見て回りませんか？」

榊はまるでこうなることを見越していたかのような態度だ。全てを見透かしているような無表情が癪《しゃく》に障る。

「そうだな、確認はしておかないと。お前の気になるところから見ていこうか」

さりげなく榊を先駆けに促《うなが》し、保身を図る。道連れができたことで、さっきよりも心持ち安心している自分がいるのだから現金なものだ。

ブレーカーは脱衣所にあった。真っ暗なところに入りたくなかったため、先輩権限で榊に行かせてしまった。公私混同ではあるけれど、頼れるところは頼りたい。

「個室のほうは何の気配もありませんね」

「本当に？　信用していいんだな？」

拭《ぬぐ》いきれない不安から、久也は何度も念を押してしまう。常に涼しい表情の榊からは感情を読み取りにくい。

「嫌な雰囲気《ふんいき》はありませんよ。いまのところはってだけですけど」

「余計なことはつけ加えなくていい」

とりあえず現状が安心できればそれでいい。知らぬが仏だ。

「それにしても、本当に間取りが広いな。ここに一人で住むのはさすがに部屋を持て余すだろうな」

３ＬＤＫにサービスルームと部屋数は多く、各部屋もそれぞれ十畳以上の広さがある。さっきの主寝室には、専用のパウダールームとバスルームまでついていた。

「亡くなられた方は一人暮らしだったようですが、先日退居されたのはお子さんが二人の四人家族だったそうです」

主寝室を夫婦で使えば、それぞれの子供にも個室を割り当てられるため四人家族にはちょうどいい。サービスルームを書斎やシアタールームなどにすれば一人の時間を持つことも可能だ。

「部長から聞いたんですが、何でもお子さんがある日、家の中に誰かがいて怖いと云い出したとか」

「え？」

「最初の内は夢でも見たのだろうと本気にしなかった両親も、やがて気配を感じるようになったそうです。一度気づいたノイズから意識が逸《そ》らせなくなるように、存在を無視できなくなり――」

「ストップ！　だから、そういう話はいましなくていいから！」

榊の話が不穏《ふおん》な方向に行きかけていたので、久也は慌てて制止した。榊の淡々とした語り口も怖く、久也の腕には鳥肌が立っている。

知らなくていい知識はできるだけ耳にしたくない。情報の解像度が上がれば上がるほど、想像力を無駄に羽ばたかせてしまう。そうなれば、恐怖がさらに生々しくなる。

「すみません。配慮《はいりょ》が足りませんでした」

「マジで追加情報いらないから」

「わかりました。じゃあ、とりあえず部屋割りを決めましょうか。先輩は主寝室を使ってください。俺はこの部屋と隣《となり》の二部屋使います」

念を押すようにゆっくりと云い聞かせると榊はあっさりと話題を変えたが、聞き捨てならない。

「ちょっと待て。そういうことは普通相手に確認してから決めないか？　仮にも俺のほうが先輩だぞ。そもそも何でお前が二部屋なんだよ」

一緒に暮らしていく上で一番重要なことを、久也の意見を聞くこともなく独断で決めようとしていることに慌てた。

「あ、そうか。そうですね。先輩はどの部屋がいいですか？」

榊と話していると会話の受け答えが微妙《びみょう》にズレる。これで本当に有能なのだろうか。

「別にあの部屋でいいけどさ――」

主寝室は他の部屋よりも一回り広く、クローゼットも大きい。何よりも東向きの大きな窓があるのがありがたい。久也は寝起きが悪く、明るくならないと目が覚めないのだ。

だが、一つだけ確認しておかなければ。

「なあ、念のため訊くんだけど、あそこには……いないんだよな？」

「追加情報はいらないんじゃ？」

「いないことを確認したいの！」

都合のいいダブルスタンダードだということはわかっていたけれど、少しでも安心は得ておきたい。

「さっきは何の気配も感じられませんでした」

榊の答えにほっと胸を撫《な》で下ろす。一番長く過ごす部屋で怯え続けなければならないのは辛い。

「ていうかお前、二部屋もどうするんだ？　ただでさえ広い部屋なのに」

「実は俺、荷物が多くて。一部屋にトレーニングマシンを置きたいんです」

確かに榊は逞《たくま》しい体つきをしている。久也には仕事のあとに運動をする気力など残っていない。帰宅後はダラダラとテレビを見ながら発泡酒《はっぽうしゅ》を飲むだけだ。

「マシンなんて置かずにジムに行けばいいのに」

「……ああいうところ苦手なんです」

「何で？　運動するならどこでやっても同じじゃん」

「知らない人にじろじろ見られたり、声をかけられるのが嫌なので。集中できないじゃないですか」

均整の取れた体つきと精悍な顔立ちの榊は、ジムでさぞ目立つことだろう。しかし、彼のような人間は、目立ったり人と交流したりするのが好きなのだろうと思い込んでいたから意外だった。

（いまのはむしろモテ自慢かな？）

じろじろ見られるのも、声をかけられるのも、秋波《しゅうは》を送られている証拠だろう。久也がお試しでジムに行ってみたときは、そんな煩《わずら》わしい目に遭《あ》うことはなかった。

「そんなんでよく営業やってるな」

「仕事のときは別です。プライベートでまで人に気を遣《つか》いたくないですから」

「ああ、そう……」

つまり、仕事中ではないいま、久也に気を遣うつもりはさらさらないと云うことだ。利害関係のない相手に愛想を振りまくことは無駄だとでも思っているのだろう。

「それに外でシャワーを浴びるのも好きじゃないですし、何度も着替えるのも面倒なので。先輩もマシン使いたかったら使っていいですよ」

「いいよ、俺は。外走るほうが性《しょう》に合ってる。景色の変わらないところで走っててもつまらないだろ――あれ？　榊？」

話しかけているつもりだったのに、振り返ると榊が部屋からいなくなっていた。慌てて探すと、一人でリビングに向かって歩いていた。

「置いていくなって！」

決して頼りにしているわけではないけれど、急に一人にされると心細くなる。

「すみません、ついてきてるものと思ってました」

榊はそう云いながら、リビングへ向かう足を止めようとしない。

「待った、そこに入るにはまだ心の準備が――」

「徘徊するのは夜だっていう話だから、まあ大丈夫ですよ」

榊はそう云って、躊躇《ためら》いもなくリビングに足を踏み入れる。廊下に置いていかれるのも嫌だったため、久也は渋々とついていった。

「ほら、別に普通でしょ」

「ま、まあ、いまのところは……」

内装自体は清掃も済み、壁紙も新しいものに張り替えられているため新築同然だ。先日、リビングで嫌な感じがしたと榊は云っていたが、久也にはそこまでの空気は感じられなかった。

「そういえば、さっき勝手にドアが閉まったんだけど……」

「それは建てつけの問題じゃないですか？」

「だ、だよな！　俺もそう思ってたんだよ」

説明のつく理由を挙げてもらうと安心できる。幽霊でなければ何でもいい。

「さすがにキッチンも広くて使い勝手がよさそうですね。オーブンレンジも最新式だ」

入ってすぐのところにあったキッチンに、さっきまで淡々としていた榊の目が輝いている。

アイランド型のシステムキッチンは調理スペースもシンクも広く、ＩＨ《アイエイチ》コンロは四口もついていた。背面にはオーブンレンジに冷蔵庫、食洗機、ワインセラーまでもがビルドイン式で設置されており、収納もたっぷりある。料理をする人間には垂涎《すいぜん》の環境だろう。

「お前は料理できるの？」

「趣味程度ですけど、まずくはないと思いますよ」

「へえ、実家暮らしだったのに偉いなあ」

「うちは両親があちこち飛び回っていてあまり家にいなかったので。お手伝いさんも来てくれてましたけど、自分でやったほうが早いと気づいたんです」

「お手伝いさん!?」

「週に何回か来てもらうだけですけど」

「榊って、本当にボンボンなんだ……」

妙な態度のデカさと会話の噛み合わなさは、浮世離れした育ちのせいなのかもしれない。

「ていうか、こんな立派な冷蔵庫があるなら、俺のやつ持ってこなくてもいいかも」

観音開きのビルドイン冷蔵庫は久也の実家のような六人暮らしの家族でも十分すぎるほどに大きかった。手持ちの家電製品で出番があるのは洗濯機だけかもしれない。

「使わない家具や家電はサービスルームに入れておけばいいんじゃないですか？　社員寮でも個室に冷蔵庫あったほうが便利だって聞きました」

「そっか。ここ、洗濯機はなかったよな？　まだ買ってないなら俺のでいいか？」

「使わせてもらえるなら助かります。ダイニングテーブルとかソファとかどうします？」

「そうか、食事をするところを作らないといけないのか」

久也はこたつにもなるローテーブルで食事をしていたし、ベッドがソファ代わりのようなものだった。しかし、三十畳越えのリビングダイニングに小さなローテーブルでは淋しすぎる。

かといって、三ヶ月だけのためにわざわざ買い揃えるのは懐《ふところ》的に厳しい。

（そもそも、リビングではあんまり過ごしたくない……）

住人が亡くなっていた場所でもあるし、嫌な雰囲気がしたと榊が云う以上、できるだけ近寄りたくなかった。いっそ寝室で食事をしたいくらいだ。

「俺の好きにしていいなら、実家で使っていないものを持ってきます」

「そうしてくれると助かる。――あ、そうだ。いまの内に置いておきたいものがあってさ」

久也は大事なことを思い出した。デイパックをフローリングに下ろし、さっき布地を噛んでしまったファスナーをどうにか解いて開ける。

「何か持ってきてるんですか？」

「一応、対策しとくに越したことないから」

そう云って、粗塩の袋と小皿と盛り塩の型を取り出した。

盛り塩が効くかどうかはわからないが、縋《すが》れるものなら藁《わら》でも塩でも何でもいい。どうせ榊にはもう幽霊に怯えていることは見透かされている。

「もしかして、それを部屋に置くつもりですか？」

「そうだけど。心霊対策を調べたら、四隅に置くと結界みたいになるって書いてあったからさ。邪魔にならないようにするからいいだろ」

「いや、そうじゃなくて――俺も詳しいわけじゃないですけど、そもそも盛り塩って玄関とかの入り口に置いて、外からの邪気や汚れを持ち込まないようするものですよね。この部屋の中にいるのに盛り塩で結界を作ったら、逆に閉じ込めることになりませんか？」

「部屋の中にいるのか!?」

何気なく告げられた言葉に飛び上がりそうになる。

「ええ、そこに」

「ぎゃっ」

眉一つ動かさずこともなげにベランダの傍を指さされ、久也は悲鳴を上げて榊に飛びついた。

「……先輩、苦しいです」

「ご、ごめん」

榊にしがみついていたことに気づき、慌てて離れる。よりによって榊に抱きついてしまうなんて。

「けど、お前マジで見えるのかよ！　ガチで霊感あるの⁉」

「俺もすんなり信じてくれる人に初めて会いました」

「は？　嘘なのか⁉」

「嘘ではないです」

いっそ嘘だと云ってくれたほうがよかった。

「というか、本当にそこにいるの……」

「はい。まあ、いまは明るいのでうっすらとですが」

「嘘だろ……なあ、いまそいつどっち向いてる？　俺のほう見てないよね？」

霊が見える人間に初めて出会ったということもあり、矢継《やっ》ぎ早に質問してしまう。

「外を向いて立ってます。先輩には見えないんだから気にしなきゃいいじゃないですか」

「もういるって聞いちゃったんだから、気にしないなんて無理だって」

見えても怖いだろうが、見えなくても怖いものは怖い。

「そういうものでしょうか」

「ゴキブリだって室内にいるとわかったら、見えなくなったとしても気になって堪《たま》らないだろ！」

むしろ、どこに現れるかわからないほうがよほど怖い。うっかりすれ違ってしまったり、重なってしまうことがあるかと思うと恐ろしすぎる。

「なあ、そこにいるってことは、この粗塩は盛っても役に立たないのかな？」

「むしろ入って欲しくない部屋の前に置いたほうがいいと思いますよ。いまはここにいるってわかっているわけですし」

「そういや、噂では徘徊するって云ってたっけ。なるほど、そういうふうに使えばいいのか」

徘徊が始まったら部屋に籠もり、それが終わるまで出なければいい。幸い、部屋にトイレも風呂もある。食料さえあれば何も問題はない。

行動の自由が制限されるが、そもそもワンルームに住んでいたときは一室で過ごしていたのだから、そのときと似たようなものだ。

「徘徊が夜だけとは限りませんが、少なくとも寝るときは安心できるのでは」

「そうだ！　そいつを盛り塩で囲めば出てこられないんじゃないかな？」

同じ場所から動かないでくれれば、そこから距離を取って過ごせばいい。しかし、久也の提案に榊は表情を曇らせた。

「そこまでするとと彼を怒らせかねないです。特定の部屋を立ち入り禁止にされても気にならないでしょうけど、ここから出るなって足下にあからさまに線を引かれたら腹が立つでしょう？」

「た、確かに」

「見た感じ穏やかですし、そんなに悪い霊ではなさそうなので無闇《むやみ》に刺激しないほうが……」

「そ、そっか。余計なことはしないようにしとく……」

ゴキブリだって追い詰めると自分のほうに飛んでくることがある。あの瞬間の恐怖たるや言葉にはできない。

「あっ、じゃあ、このお札は効くと思う？　除霊に効果アリって書いてあったんだけど」

さっき榊に一度突きつけたお札を改めて見せる。黄色い和紙のような紙に朱墨《しゅぼく》で模様と難しい漢字が書かれている。

「俺は専門家ではないんですが――これってどこで入手したんですか？」

「ネット通販」

スマホでブックマークしておいた通販サイトを開いて見せる。霊験《れいげん》あらたかな印象で、一番効き目がありそうに思えたのだ。

「効果ないと思います。これ多分ジョークグッズみたいなものだと思いますよ」

「えええ!?」

「詐欺サイトだったたんじゃないですか？」

「そんな……安くなかったのに……」

思い切って購入したのに騙《だま》されていたなんて。返品対応ができるといいのだが。

「――そうだ！　霊感あるなら追い払ったりできないのか？」

「だから専門家じゃないのでそこまでは……。けど、彼も人間だったわけですし、もしかしたらこちらの要望を伝えることはできるかもしれませんね」

「本当か!?」

「その可能性はあるっていうだけです。生きてる人間だって話の通じない人はいっぱいいますから相手によるとしか」

　榊の云うように、人の話に聞く耳を持たない人間もいるし、一方的な要求しか口にしないクレーマーも少なくないことは仕事で重々身に染《し》みている。久也はため息をついた。

「なあ、ここにいる幽霊って、やっぱりこの部屋で亡くなった人なのかな？」

「断定はできませんが、その可能性が大きい気がします」

「どんな感じの人？」

「中肉中背で白っぽいTシャツ姿の男性です。顔はあんまりはっきりは見えませんが、物憂《ものう》げにぼんやり佇《たたず》んでます。発見されたのが、いま彼が立っているその場所だったみたいですね」

「そんなことまでわかるのか！」

「いえ、気になったので調べてきただけです。記事によると亡くなっていたのはリビングのソファセットの脇《わき》とあります。この写真、そこで撮られたものじゃないですか？」

　榊はコピーした週刊誌の記事を見せてくれた。

　亡くなったのはインターネット上でのアフィリエイト広告事業やアプリ開発などを手がける会社を経営していた有川隆《ありかわたかし》という人物だ。

トークも上手《うま》いため、ワイドショーのコメンテーターをしていたこともあり、こうして取り上げられることになったのだろう。

この室内で撮られたらしい白黒の写真を見ると、大きな掃き出し窓が写っている。その手前には革張りのソファが配置されていた。

「確かにその窓だ」

本人のＳＮＳにアップされていたものらしく、写っている人たちの楽しげな様子を見る限り何かのパーティの最中のようだ。

「それにしても酷い内容だな……。何で故人が叩かれなくちゃいけないんだ。こんなのただの誹謗《ひぼう》中《ちょう》傷《しょう》じゃないか」

「面白おかしく書いたほうが雑誌は売れますからね」

追跡記事は扱いが小さくなっている。強盗殺人の線が消え、過失致死という結論が出たためだろう。最初に強盗殺人だと思われたのは、財布などの貴重品が見つからず、ベランダに面した窓が全開になっていたせいのようだ。

警察は有川氏が帰宅後に脳内出血を起こし、意識を失ったものと思われると結論づけていた。盗まれたと思われていた財布も、喧嘩《けんか》をした店で見つかったとのことだ。

「本人は死ぬつもりなんてなかったんだろうね……」

「喧嘩のあと、すぐ病院に行っていれば助かったのかもしれませんね」

もしもを云っても仕方がないが、どうしても考えてしまう。最悪の事態を避ける選択肢がいくつもあったのではないだろうかと。

（もし本当に彼なんだとしたら、未練があってもおかしくはないよな……）

　さっきまで怖いばかりだったけれど、幽霊の正体のことを思うと同情心も湧いてくる。三十代はまだまだこれからという年齢だ。やりたいこともたくさんあっただろう。

　しかし、どんなに同情心を抱いたところで同じ部屋に死んだ人の霊がいるという状況は怖い。

「くそ、俺にも見えたらいいのに」

「怖いのに見たいんですか？　先輩、Mなんですか？」

「誰がMだ！　別に見たいわけじゃないけど、見えればそいつを避けることもできるじゃんか」

　すぐ隣にいるのに気づかずにいるような状況に陥るのは嫌だ。

「ああ、なるほど。とりあえず、いまはあそこから動く気配はありませんから、リビングとダイニングをパーテーションで仕切って向こうは使わないでおくのはどうですか？」

「なるほど、うん、それがいい」

　久也は榊の提案に飛びついた。壁に収納されたパーテーションを移動させれば、部屋を区切ることができる造りになっているのは幸いだった。

　目隠しをしたからといって問題が解決するわけではないけれど、それでも壁一枚隔《へだ》てていると思うと安心感が違う。

「何かあったらすぐに報告しますよ」

「頼むな」

榊に頼るしかないのは忸怩《じくじ》たる思いだが、いまは他に術《すべ》がない。

「了解しました。でも、そこにいると云っても実害はなさそうですし、三人でルームシェアだと思えばいいのでは？」

「思えるか！」

気楽に云われるけれど、そんな簡単に受け入れられるわけがない。

本当はいますぐ走って逃げ出したい気分だ。それでも踏み止《とど》まっているのは、一度引き受けたことを投げ出すのは性に合わないからだ。

「先輩、意外と神経細いんですね」

お前が太すぎるんだ——喉元まで出かかった言葉をすんでのところで呑み込んだ。太々《ふてぶて》しいその態度が、いまはむしろ頼もしいのがムカつく。

(何かあったら全部押しつけて盾《たて》にしてやる)

身勝手な恨み節を胸の内で呟きながら、ふと懸念《けねん》が一つ浮かんだ。

「でも、本当に〝出る〟となると、部長に何て云えばいいんだろう？」

中原は霊の存在を端《はな》から信じていなかった。心霊現象を思わせる何らかの物理的な不具合が起こっているだけだと思っている。

「事実がどうあれ、噂が消えればいいわけですから、〝彼〟についての報告の必要はありませんよ」

「それもそうか」

榊の云うように、心霊現象を解消しろとは命じられていない。『上手くやってくれ』と云われただけだ。

　つまり、中原が自分たちをここに送り込んだ目的は、不具合の原因を突き止めてマンションの評判に関わる噂を打ち消すためだ。

「――つまり、外ではこの話はできないってことだよな」

「そうですね。何も起きていないふりをしておいたほうが賢明《けんめい》だと思います」

「鋭意《えいい》努力するよ……」

　恐怖を紛らわすために誰彼構わず話して回りたい衝動に駆られるけれど、ぐっと堪《こら》えることにした。

「噂を否定するためには、俺たちが普通に生活しているところをご近所に見せていくのが一番だと思います。明日にでも引っ越しの挨拶《あいさつ》に行っておきましょうか」

「え、直《じか》に行って大丈夫か？　こういうところでは迷惑がられそうだけど……」

「あまり接点を持ちたくない人もいるでしょうが、一応、俺たちは会社の顔でもあるわけですし」

「なるほど……」

　自分たちは会社として噂を消すという使命も負っている。何事もないということをアピールしなくてはならない。

「お隣がいい人だといいですね」

　心霊現象に加えてご近所トラブルなど真っ平だ。榊の言葉に久也は力強く首肯《しゅこう》した。

4

自宅マンションで荷物の積み込みを終えた久也は、電車を乗り継ぎ引っ越し業者よりも先に新居へとやってきた。榊は午前中、久也は午後という順番で荷物を運び込むことになっている。

「榊ー？」

先に作業をしているはずの榊を探す。

「こっちです」

リビングダイニングのほうから声がする。

（あそこに、あれがいるんだよな……）

抵抗感を覚えながらドアを開けると、榊は掃き出し窓に無地のカーテンを下げているところだった。

「これから俺の荷物を運び込むけど、そっちはもう終わったか？」

「自分の部屋の荷解きはまだですけど、リビングは概《おおむ》ね終わりました」

室内はすっかり様変わりしていた。昨日話していたとおり、パーテーションを引き出して部屋が半分に仕切られている。それでも十分すぎるほどの広さだ。

「てきとうに配置してみたんですけど、気になるようなら云ってください」

部屋はイタリアテイストの家具とカーテンでトータルコーディネートされていた。

ダイニングテーブルの上にはペンダントライトが下がり、壁には七十インチはありそうな大きな4

K液晶テレビがかけられている。

（ここに幽霊が出るなんて、誰も思わないだろうな……）

〝彼〟がいる場所は不自然にスペースが空いている。余計に意識してしまうけれど、致し方ない。そこにソファを置かれたとしても座る気にはなれないだろう。

「別にこのままで全然いいけど、本当に持ってきて大丈夫なやつか？　俺でもあのソファ知ってるんだけど……」

　実家の不要品を持ってくると云っていたが、置かれているソファセットは確か有名なブランドのもので、価格は最低でも七桁は下らない。

「実家では使ってなくて倉庫に預けていたものなので、気楽に使ってください」

「気楽に使える値段じゃないだろ！」

　不注意で飲み物を零《こぼ》したり、何かをぶつけて傷をつけてしまっても気安く弁償できる値段ではない。

「家具は人に使われるためにあるわけで、使わないほうが勿体ないです」

「それはそうなんだけど……」

　庶民とボンボンの意識の差を思い知らされる。

「わざと乱暴に扱うのは以《もっ》ての外《ほか》ですが、普段使いで傷がつくのは仕方のないことですし、その傷も思い出の一つになりますから」

「お前、いいこと云うな」

　弟たちの喧嘩で柱や壁にたくさん傷が刻まれてきたけれど、いまになって見返すと微笑《ほほえ》ましく感じる。当時の記憶と彼らの成長が感じられるアルバムのようなのだ。

「母の受け売りです」

「こういうときは素直に褒められとけばいいのに」

しれっと自分の手柄にしないところに笑ってしまう。口さがなさがカチンと来ることもあるが、榊はよくも悪くも正直なのだろう。

「――先輩。これから一緒に暮らすわけですし、いまの内に役割分担を決めておきませんか？」

「役割？」

「ゴミ出しとか掃除とかそれぞれでやるより効率がいいのでは？」

「ああ、なるほど」

共同生活の実感が湧いてきた。これまでも食事以外はそれなりにこなしてきたから、そこまで足を引っ張ることはないだろう。

「食事とキッチン周りは俺が担当します」

「マジで？　すごく助かる！　俺は掃除と洗濯ならまあまあできるほうだと思う。とにかく料理だけは無理なんだ。食費とかどうする？」

「財布を一つ作って、食材とか共同で使うものはその中から出すってことでどうですか？」

「それいいな。レシート入れておけば確認できるし、足りなくなったら同額入れたらいいもんな」

思ったよりもスムーズに話し合いが進んでいる。お互い、ほとんど初対面なだけに無駄に気を遣い合わないことが功を奏しているのかもしれない。

特に食事の問題が解消されることは、久也にとって大きかった。これで生活上の心配が一つ減る。

「じゃあ、今度の休みの日に買い出しに行こうか。消耗品とか色々必要になるし」

「一緒にってことですか」

久也の提案に、何故か榊は目を剝《む》いた。そんなに驚くようなことを云っただろうか。

「何だよ、嫌なのかよ」

「……いえ、全然。むしろありがたいです」

不満があるのかと思ったけれど、力強く首を横に振っている。

（変なやつ）

よくわからない反応に首を傾《かし》げるけれど、榊の感性は理解できないものと思ったほうがよさそうだ。

役割分担のイメージが固まってくると、段々と榊との共同生活に現実味が湧いてくる。

「……で、今日の様子はどうだ？」

意識しないようにしていた何も置かれていない不自然な空間に、久也は意を決して視線を向けた。

「相変わらず外を見て佇んでます」

「本当に家中を徘徊するのかな。このまま動かないでくれれば平和でいいんだけど。祈禱師《きとうし》とか霊媒《れいばい》師《し》とか、除霊ができる専門家に頼んだほうがいいのかなあ」

「またネット検索で探す気ですか？　すぐに見つかるような専門家は大抵詐欺師ですよ」

「じゃあ、どうやって見つけたらいいわけ？」

「信頼できる人からの紹介が一番かと」

「その信頼できる人をどう探せばいいんだ」

「地元密着の個人の不動産屋なら、その手のことにも詳しいはずです。うちの両親は顔が広いので、それとなく聞いておきます」

「え、そんなこと頼んでもいいの？」

「期待どおりの情報が得られるかはわかりませんが」

現代は人づき合いが希薄になったと云われているけれど、コネクションや人脈が重要な場面は多くある。榊は人脈まで頼もしかった。

「あ、そういえば、引っ越しの挨拶の手土産《みやげ》を買ってなかったな。ちょっと買いに行ってくる。ていうか、いくらくらいのやつにしたらいいんだろ？」

こういうタワーマンションに住む住人と庶民の久也とでは、金銭感覚が全く違うはずだ。だからと云って、やたらと奮発《ふんぱつ》する余裕はない。

「もう用意しておいたので大丈夫です。挨拶に行くのは両隣と上下だけでいいですよね？」

「え、そうなの。ありがとう。あとで半分払うよ」

段取りのよさはさすがだ。最初の印象では無愛想で不躾に思えた榊だが、意外とそつがなくきちんとしている。

無表情なのは榊のデフォルトのようだ。マシンで筋トレをしていても、表情筋はあまり鍛《きた》えていないらしい。

「挨拶はいつにしますか？」

「じゃあ、俺の荷物を運び終わったら、先に行っておこうか」

手土産を提《さ》げ、玄関ドアの手前にある門扉《もんぴ》についたインターホンを押すと、怪訝《けげん》な声がスピーカーから聞こえてきた。

『はーい、どなた？』

「お忙しいところすみません。隣に引っ越してきた天海と榊と申します。ご挨拶をと思いまして伺わせていただきました」

久也より早く口を開いた榊の声は、それまで耳にしていたよりも低く張りがあった。突然の営業モードに久也は思わず二度見してしまう。

常に感情の見えなかった顔ににこやかな笑みが乗り、自信に満ちたオーラを纏《まと》っている。別人のような変わり身に感心する他ない。

（本当に同じ人間か？）

元々整った顔立ちのため、笑顔になると一気に華やかな雰囲気になった。

『あらあら、ご丁寧に。いま、出ますね』

モニター越しに榊を見て信用してくれたのか、隣人はすんなりと顔を出してくれた。

出てきたのは久也たちより一回りほど歳上と思《おぼ》しき上品な奥さまで、しっかりと薄化粧をし、髪も綺麗に巻いている。

「お時間いただきまして恐縮です。僕が天海、彼が榊と云います。どうぞよろしくお願いします」

　後輩にばかり任せているわけにはいかない。久也も姿勢を正し、丁寧に挨拶をした。

「井上《いのうえ》です。こちらこそよろしくお願いね。これからお二人で住まわれるの？」

「あ、はい。自分たちは帰りが遅い日が多いので、生活音が気になるようでしたら遠慮なく仰ってください」

「うちは新築のときから住んでるから、何か困ったことがあったら聞いてね。それにしてもあなたたち、若いのによくお隣を借りられたわね。もしかして、いまお安くなってるのかしら」

　井上は好奇心に満ちた瞳で訊いてきた。ここのマンションは普通に借りたら一月数十万はかかる。素性が気になっても不思議はない。

「僕たち白鹿建設の者でして、長期間空いている部屋を社宅として活用して無駄を少しでも省《はぶ》いていこうという施策《しさく》を進めているんです。今回はテストケースとして、僕たちが隣の部屋でルームシェアすることになりました」

「白鹿建設さんってことは、ここを建てた会社よね？　なるほど、そういうことだったの。そういう試みはいいわね」

「そう云っていただけるとありがたいです」

「ふふ、男性同士でルームシェアなんて、二人は仲よしなのね」

「え？　ええ、まあ……」

特に仲がいいわけではないけれど、久也は曖昧《あいまい》に肯定しておいた。

「ご家族はご理解あるの？」

「そうですね、頭ごなしに反対されるようなことはないかな」

「性別なんて関係ないものね」

「はあ……？」

微笑ましい眼差しを向けられ、久也の頭に疑問符が浮かぶ。井上の云っている言葉の意味がよくわからない。

「でも、せっかくの新生活なのに、あんな部屋なんて――」

「え？」

井上は思わせぶりに言葉を止め、物憂げな表情を浮かべた。

「ああ、ごめんなさい。でも、施工会社の方なら、これからお住まいになるお部屋で何があったかはご存じよね？」

「え？　あ、ええ……悲しい事故だったみたいですね」

「あのときは本当に大変だったのよ。救急車が来たと思ったら、何日も警察の人が出入りして。あの規制線って云うの？　立ち入り禁止のテープが張られて、まるでドラマみたいだったんだから」

「その節はご迷惑をおかけして本当に申し訳ありませんでした」

担当者ではないけれど、自社の物件だ。久也は平身低頭謝罪する。

「あなたたちを責めてるわけじゃないのよ。あの部屋で暮らすなら、色々知っておいたほうがいいんじゃないかと思ったの」

「ええと、どういうことですか？」

「実はね、あそこ、有川さんの幽霊が出るって話なの」

「幽霊――」

久也たちから探りを入れるまでもなく、井上は訊きたかった話を切り出した。探偵気分でドキドキしてくる。

「そうなの。夜な夜な、家の中を歩いてるって話。前に住んでたご家族の娘さんの前に現れたらしくてね、隅から隅まで歩き回るらしいのよ」

「ずいぶんお詳しいですね」

幽霊について話す井上の表情が、どこか生き生きとしている。噂の火元の一つは十中八九彼女だろう。

「だって、お隣の堀井《ほりい》さんの奥さんの愚痴を毎日聞いてたんだもの。結局、ノイローゼになっちゃって、引っ越しちゃったんだけど。せっかく仲よくなったのに本当に残念」

「………」

こういう場合、その曰くつきの部屋にこれから住む人間としてどう受け答えをしたらいいのか。

久也たちは何もかも承知の上で入居している。初耳だという態度を取るべきなのはわかるが、あまりノリよく反応するわけにもいかない。

「あっ、ごめんなさいね！　これからあなたたちが住むのに怖がらせるようなことを云っちゃって」

「い、いえ……」

どう話を切り上げようかと考えていたら、不意に榊が小さな笑い声を立てた。

「いたら面白いですけど、幽霊なんているわけないじゃないですか」

「え!?」

久也には実際に見えると云っていたくせに——そう思いながら榊の顔を見てはっとした。ここで幽霊の存在を否定して、噂を払拭《ふっしょく》していこうということなのだろう。

(なるほど、彼女が云いふらさなくなれば、噂自体自然消滅してくれるかもしれないしな)

榊の意図を察した久也も、彼の嘘に乗っかることにした。

「そうですよ。いまのところ何も見えたりしてませんし……」

「あら、二人ともそういうのは信じないタイプ?」

「そうですね。この目で確認するまでは、正直眉唾《まゆつば》だと思ってます。それに、もし本当にいたとしても、家の中をうろついてるだけなら気にすることもないでしょう」

涼しい表情を浮かべる榊に、井上はどこか不満そうな表情を浮かべている。思ったように怖がられないことが面白くないのだろうか。

「やっぱりいまの若い方はそういうのを気にしないのね。でもね、お隣の堀井さんも初めはそう云ってたのよ。毎晩のことだし、段々眠れなくなっていったみたいだったわ。本当に気をつけてね」

「お気遣いありがとうございます。でも、先輩と一緒なので何があっても大丈夫だと思います」

榊はそう云いながら、久也の肩に触れた。不意打ちのボディタッチをするタイプには見えなかったため、久也は驚いてびくっと体を震わせてしまう。

「やっぱり、若いっていいわねえ。でも、困ったことがあったら気兼ねなく声をかけてね」

「そのときはお言葉に甘えさせてください」

「ええ、ぜひ。それじゃ、二人の新生活楽しんで！」

「はい、ありがとうございます」

何かあって欲しいと雄弁に目が語っている井上に対し、榊は快活に礼を云う。久也も営業スマイルで頭を下げ、井上宅を辞した。

笑顔を貼りつけたまま自分たちの部屋へと戻った久也は、緊張に張り詰めていた体から力を抜き、大きく息を吐く。仕事のときとは違う緊張感があった。

一軒挨拶に行っただけで、どっと疲れてしまった。

「……お前、かなりの演技派だな」

靴を脱いで玄関を上がりながら、背後の榊に純粋な感想を告げる。隣に立っている男が本物の榊かどうか何度も疑ってしまった。営業一位も納得の愛想とそつのなさだった。

「そうですか？」

「顔の感じまで変わってたぞ」

「アドバイスどおり別人になったつもりでやってますから」

「アドバイス？」

「恩人にそう云われたんです」

「へえ、その人いいアドバイスするな。——ところで、井上さんさ、途中でちょっと話が嚙み合わなかったよな？」

最初の榊とのやり取りも謎だったし、時折挟まれる井上の思わせぶりな笑みも気になっていた。

「ああ、あれは俺たちが恋人同士だと勘違いされたんだと思います」

「——は？　誰と誰が恋人だって？」

「俺と先輩です。他に誰がいるんですか？」

榊はわかりやすく自分と久也を交互に指さした。

「はあ!?　勘弁しろよ、男同士だぞ」

反射的にカッと顔が熱くなり、否定する。

「それ、差別発言ですよ」

榊の指摘にはっとする。確かに自分の性志向はどうあれ、無自覚に口を突いて出た言葉はよくないものだった。

「そうだな、訂正する。お前とは考えられない」

自分の発言を差し替える。榊くらい男前で仕事ができる人間なら性別問わず惚れられることもあるだろうし、久也自身が惹かれる同性に出逢うかもしれない。

だが、少なくとも久也が榊をそういう目で見るようになることはないだろう。

（最初の印象がアレだしな……）

榊は覚えていない様子だが、久也にとって榊の第一印象は〝感じの悪い嫌なやつ〟だ。

眉間に皺《しわ》が寄る勢いで睨まれたことはいまでも忘れられない。射貫《いぬ》くような眼差しに、久也は怯《ひる》むしかなかった。

あの日は研修の日だったと思うが、一体自分の何が彼の気に障《さわ》ったのかはわからなかった。

久也の部署は声の大きな社員が多い。そのせいでふざけているように見えたのだろうか。

「可能性ゼロってことですか？」

「そりゃそうだよ、お前だってそうだろ？」

「俺は——」

不自然な沈黙が降りる。

「榊？」

「でも、誤解を解く必要はないですよね。お隣の井上さんは噂話がお好きなようでしたから、同性の恋人同士で楽しく暮らしてると思われれば、幽霊の話はすぐに上書きされますよ」

そのために榊はわざと久也の肩に触れたり、誤解されるような物云いをしていたのかと、いまさらながらに気がついた。

「いや、でも、いくらヤバい噂を消すためだからって、お前と恋人同士だと思わせておくのはちょっと……」

「別に外でイチャつく必要はありません。普通の夫婦だって手を繋いでる人たちのほうが少ないでしょう。誤解を訂正しなければいいだけです。それとも、社内にまで噂が広まるのを気にしてるんですか？」

「別にそういうわけじゃ――」

榊に云われるまで社内のことなど全く考えもしなかった。噂が広まることが嫌なわけではない。自分でも理由はわからないが、恋人のふりだけだとしても何故か気乗りしない。

（じゃあ、俺は何が嫌なんだ？）

感情が消化不良を起こしているようで、モヤモヤとした気持ちの正体がわからずもどかしい。誰かを騙すような行為をすることに抵抗があるのだろうか。

「上司命令でルームシェアをしているわけですし、誤解されていたと話せば会社の人たちはわかってくれますよ」

「そうかなあ……」

理由もなく嫌だと云うのも子供じみた我が侭のように思えてきて、久也は違和感を呑み込んだ。

そもそも、誤解を解かずにいるだけなら、嘘をついたり騙したりするのとは少し違う。

「どうせ俺たちは三ヶ月したら出ていくわけですし、そうしたらもう二度と会わない人たちですよ」

「それもそうだな」

まずは幽霊の噂を有耶無耶《うやむや》にすることが先決だ。榊のように柔軟に考えようと思い直し、久也はため息をついた。

5

「ふー、大体片づいたな」

久也の荷物は簡単に収まった。ベッドは中央に。その左右にチェストと机と本棚を置いてみたものの、まだまだ空間が余っている。

ワンルームで暮らしているときは、もっと部屋が広ければと思っていたけれど、ここまで広いと逆に落ち着かない。

「もっと端に寄せようかな？　でも、それだと余計に淋しいか……」

空いているスペースに背中を向けていると、ないはずの気配を感じてしまう。風呂場でシャンプーをしているときに、背後が気になってしまうのと同じだ。

何も見えないからこそ、何かあるのではと想像が働いてしまうのだ。

「観葉植物でも飾ればマシになるかも」

グリーンがあれば、少しは気が紛れるかもしれない。場を清めるのに効果的だという植物もあった気がする。考えごとをしながらチェストに下着や靴下を詰めていると、背後でキィ、と音がした。

「？」

振り返ると、クローゼットが少し開いている。さっきしっかり閉めたつもりだったが、閉まりきっていなかったのかもしれない。

改めて閉め直すと、隣の部屋から物音が聞こえてきた。さっき買い物に出ていった榊が戻ってきたのだろう。意外と生活音が聞こえる。

（あんまりデカい独り言とか云わないようにしとこ）

久也には疲れが溜まると愚痴《ぐち》が声に出てしまう癖がある。一人暮らしではないことをしっかり意識しておかなくては。

コンコン、というノックの音に顔を上げると、ドアの向こうから榊が顔を出した。

「先輩、食事できました」

「え、今日から作ってくれたの」

引っ越し初日にそこまで片づくとは思っていなかったから、出前か配達を頼もうと思っていたのに。

「簡単なものだけですけど、食べに行くのも面倒ですし」

榊はそう云うと、返事も待たずに戻っていこうとする。

「ちょ、ちょっと待って！　一緒に行くから！」

慌てて荷解きの手を止めて追いかけ、久也もリビングダイニングへと向かった。

廊下に出ると、美味《おい》しそうな匂いが漂っていた。鼻腔《びこう》が擽《くすぐ》られた瞬間、ぐうと腹が鳴る。空腹に押され、少しだけ足取りが軽くなった。

あそこに足を踏み入れるのは抵抗があるけれど、いまからそんなことを云っていては三ヶ月暮らしていくのは難しい。

（ええい、ままよ！）

榊のあとに続いてダイニングに足を踏み入れる。リビング側が区切られて見えなくなっているだけで、心理的ストレスが幾分薄れた。

「いま支度するので、座っててください」

「う、うん」

テーブルを見ると、バゲットの添えられたポトフが美味しそうな湯気を立てていた。光量の強い照明と食欲を誘う匂いは、この部屋に霊がいることを少しだけ忘れさせてくれる。

「あっち見てみた？」

「さっき覗いてみましたが、まだ同じ位置にいました」

「まだあそこにいるんだ……。まあでも、無闇に動き回られるよりいいか……」

知らない人間が家の中にいるかと思うと不気味で仕方がないが、考えないようにするしかない。

「すごく美味《うま》そうだな」

無理やり意識を切り替えて、目の前のポトフに集中する。大きくカットされた野菜と肉厚なベーコンが食欲をそそる。

袖《そで》をまくり料理をサーブしている榊の姿は様《さま》になっている。こんなところを社内の榊ファンが目にしたら、また株が上がってしまいそうだ。

「今日は簡単なものですみません。地下で惣菜《そうざい》でも買ってこようかと思ったんですけど、先輩の好き嫌いがわからなかったので」

マンションに併設された商業ビルの地下は食品売り場になっており、生鮮食品だけでなく、様々な専門店も軒《のき》を並べている。

「全然十分だって。俺、苦手なものはないし、好き嫌いもないから大丈夫」

食べ盛りの男兄弟と共に育ったため、おかずの奪い合いが起こる日も少なくなく、好き嫌いを云っている場合ではなかった。お陰で何でも美味しく食べられる舌になっている。

「先輩、アルコールは大丈夫ですか？」

「ちょっとだけなら」

酒にはものすごく弱いので、久也は本当にちょっとだけしか飲めない。

営業職は飲みの席も多い。毎回、摂取したアルコール以上の水を飲みながら凌《しの》いでいるけれど、翌日の二日酔いは本当に酷いものだ。

きゅぽん、とコルクが抜かれる音がしたと思ったら、目の前のグラスに金色の液体が注ぎ込まれた。

「シャンパンまで買ってきたのか」

「スパークリングワインです。実家にあったもらいものを持ってきました。うちは両親とも家では飲まないので」

「お前、本当にボンボンなんだな……」

「自分ではわかりませんが、そうなんでしょうね」

謙遜《けんそん》しないところも、榊らしい。

「乾杯とかしないの？」

スパークリングワインをグラスに注いだあと、そのまますぐに飲もうとした榊に驚いた。

「何か乾杯するようなことがありましたか？」

「いや、引っ越しお疲れさまとかさ。友達と酒飲むときって無闇に乾杯しない？」

「そうなんですね。学生時代、あまり飲み会に行ったことがなかったので。理由もなく飲んで騒ぐ必要性を感じなかったんです」

「あー…、その頃から我が道を行ってるんだな。いまはどうしてるんだ？　クライアントと会食したり、同僚と飲みに行ったりするだろ？」

「業務の一環なので、もちろん参加してます」

「そんなんじゃ全然楽しくないんじゃない？」

「楽しい必要があるんですか？」

「必要はなくても、同僚と打ち解《と》けたほうが息抜きになるだろうし……」

「そういう考え方もありますね。でも、飲みの席での羽目を外した空気があまり好きではないので。クライアントとの食事のほうが性に合ってますね」

「お前って変に真面目なんだな」

　理性的な行動から逸《そ》れることに不快感を覚えるのだろうか。確かに榊が衝動的になっているところは全く想像がつかない。

「これが普通だと思っていました」

「云っとくけど、お前は普通の範疇《はんちゅう》じゃないぞ。あ、別に悪いって云ってるわけじゃないからな。それがお前のスタイルで、仕事も滞《とどこお》りないんだろ？　でもとりあえず、今日は乾杯しとこうよ」

久也の言葉に、榊も納得したようだった。

「引っ越しお疲れさま。あと、これからよろしく」

「はい、お疲れさまでした」

グラスを掲げると、榊も同じように持ち上げた。縁《ふち》同士をぶつけるとカチンと軽やかな音が響く。

「正式にはぶつけないんだっけ？　でも俺、この音が好きなんだよね」

乾杯は楽しいときや嬉《うれ》しいときにしかしない。だから、久也にとっては幸せの音なのだ。

冷たいスパークリングワインはいままで飲んだものよりも格段に美味しかった。庶民の久也は値段が気になってしまうが、知らないほうがいいこともあるだろう。

「ポトフも冷めない内に食べてください」

「うん、いただきます」

話をしていたせいで少し冷めてしまったけれど、猫舌の久也にはちょうどいいくらいになっているはずだ。スプーンで大きなジャガイモを割ると、簡単に崩れた。スープも野菜の旨みや甘みが溶け出し、優しく深みのある味になっている。

「美味い！」

「本当ですか？」

「マジで美味いって。正直、天才だと思う。店で出せるレベルだろ」

野菜はトロトロに蕩《とろ》けており、コクのあるスープにバゲットを浸して食べるのもまた美味しい。

「煮込んだだけのただのポトフですよ。でも、先輩に喜んでもらえてよかったです」

榊の口元が僅かに緩む。微《かす》かにはにかむようなその表情に、久也は目を瞠《みは》った。

（何だ、そんな顔もできるんじゃん）

営業スマイルとは違う、心からの笑みだった。黙っていると冷ややかな顔立ちが、とても柔らかくなる。感情が読めない男だと思っていたから少し驚いた。

榊は器用で要領のいいタイプに見えるけれど、もしかしたら、少し不器用な人間なのかもしれない。横柄《おうへい》さは引っかかることも多いけれど、育ちのよさは感じる。食事の仕方や靴を揃えるところなど、所作がどれもスマートだ。

段取りもいいし、細かいところにも気が利く。仕事ができるのも納得だ。マイペースで自信家なところは、マイナスになるどころか——。

「先輩、どうかしましたか？」

「あ、いや、何でもない」

榊の表情に驚きすぎて、いつの間にか彼の顔を凝視していた。気まずさをごまかすために、久也はスプーンを忙《せわ》しなく口に運ぶ。

「マジで美味いよ。こういうのはセンスだよな。俺なんてカップ麺《めん》しか作れないのにさ」

「カップ麺が作れるなら、料理だってできるはずです。ちゃんとレシピどおりに作れば、失敗することはないと思うんですけど」

「いつも焦げたり変な味になったりするんだよ」

「火力が強いのと、余計なアレンジをしてるんだと思いますけど。あと、よくわからないからって調味料をたくさん入れすぎてませんか？」

「……」

心当たりのある指摘が胸に刺さる。少々や適量などの用語もよくわからないし、火力を強めればもっと早くできるのではないかと思ってしまうのだ。

「料理は科学ですから。きっちり計って手順を守れば、コツがわかってきますよ。今度、一緒に作りましょうか」

「俺はこの先ずっと食べる係でいいよ。一生作ってもらえるとありがたいんだけどな」

「いいですよ。それなら、俺は先輩に作る係ですね」

「よし、頼んだ」

珍しく榊との会話が弾《はず》む。見かけによらず冗談に切り返せるだけのユーモアもちゃんと持ち合わせているようだ。

「……それにしても、すごい景色だよな」

大きな掃き出し窓の向こうには、宝石箱を引っくり返したかのような夜景が広がっている。東京《とうきょう》タワーやスカイツリーにでも行かなければ見られない光景だと思っていた。

好きな子と一緒なら、さぞムードが高まるに違いない。帰宅すればこの夜景が見られると思えば、仕事も頑張れる気がする。

「まだ働いてる人がたくさんいるんですね」

「おい、もっと情緒《じょうちょ》のある感想はないのか？」

「明かりがついてるってことはそういうことでしょう」

「お前は都会育ちだから見慣れてるのかもしれないけどさ、初日くらいロマンチックな空気を感じてもよくない？」

「つまり、先輩は俺とそういう空気になりたいということですか？」

「はあ!?　そ、そんなわけないじゃん！」

　一般論を云っただけであって、榊とムードを高めたいわけではない。

「違うんですか」

「違うって」

　恋人だと誤解されたばかりだということもあり、変に意識してしまう。この妙な雰囲気をごまかそうと、久也は違う話題を振った。

「――あの人は毎日この光景を見ながら何を考えてるんだろう」

「〝彼〟のことですか？」

「うん。俺たちのこともどう思ってるのかな。突然自分の家に来られて迷惑に感じてるのかな」

　〝彼〟が死んだ有川で、亡くなった自覚がなければ久也たちは不法侵入者だ。

　幽霊には家賃などは関係ないし、自動振り込みにしていただろうから契約が解除されているなどとは露《つゆ》とも思っていないのではないだろうか。

「警戒してる雰囲気はありますけど、悪意は感じませんね」

「俺たちを認識してるってこと？」

榊の言葉に身構える。こちらから危害を加える気がなくとも、〝彼〟に敵として認識されてしまったらと思うと、怖くて堪らない。

「彼からどんなふうに認識されてるかわかりませんが、こちらからはおぼろげにしか確認できないってことは相手からも同じような感じなんじゃないでしょうか」

「向こうからも俺たちがぼんやり見えてるってことか？」

「これは俺の考えなんですけど、同じ場所にいても、俺たちと〝彼〟では存在してるレイヤーが違うんだと思うんです。エネルギーが強いタイプの霊がレイヤーを越えてこちら側に影響を及ぼすんじゃないでしょうか」

「なるほどな」

死後の世界のことは、生きている人間には絶対にわからない。

臨死《りんし》体験の手記で光が見えたとか、花畑があったなどと表現されているのをよく見るが、生前の知識やイメージに影響されている面は少なからずあるだろう。

「噂のとおり、夜中になると家の中を歩き回るのかもしれませんが、できるだけ気づかないふりで過ごすのがいいと思います」

「どうせ俺には見えないしな。できるだけ気にしないように努力する」

不気味ではあるけれど、そのことさえ意識せずにすめば三ヶ月間優雅に暮らすだけですむのだ。

（意識しないってのが一番難しいんだけど……）

見えてしまう榊よりは久也のほうが適応しやすいはずだ。人ならざるものが見えてしまうと日常生活にも支障が出そうだが、榊は全く気にならないのだろうか。

「そういえば、榊って昔から霊感あるのか？」

「物心ついたときには見えていたので、生まれつきでしょうね。そういう体質なんだと思います」

「遺伝とか？」

「両親に霊感は全くないですね。むしろ何も感じないほうです。ただ、遠い親戚に神社の神主がいて、拝み屋のようなことをしてたとかいう話を聞いたことはあります。俺が生まれる前に亡くなったそうなので詳しくはわかりませんが」

「ふーん、隔世《かくせい》遺伝なのかもな」

「その可能性はありますけど、確認する術はもうないですね。小さい頃よりは弱くなってきているので、このままなくなってくれたらいいんですけど」

榊はスパークリングワインを飲みながら、視力の話をするようなトーンで語る。

「へえ、霊感って弱くなるもんなんだ」

「視力が悪くなるようなものですね。小さい頃よりは鈍《にぶ》くなってきたので、だいぶ気が楽になりましたよ。彼らは日常生活の中でいきなり現れることが多いので心臓に悪いんです」

「俺なら心臓が止まってる……」

幽霊が見える日常だなんて、想像すらしたくない。

「日常茶飯事なので慣れますよ」

「むしろ慣れたくない……。けど、小さい頃からそういうのが見えるなんて大変だったな。怖い思いもしたんじゃないか？」

「そうですね。でも、信じてもらえないほうがキツかったかな。親も教師も友達も、俺が空想を語ってると思ってましたから」

確かに霊感や超能力を持ってるなどと嘘をついて気を引こうとする子供もいた。真実を話しているのに、嘘つき扱いをされるのは幼心に辛かっただろう。

「大人はなかなか信じてくれないかもな」

子供は空想を抱きやすい。信じているふりで聞いてくれることもあるけれど、そういう態度は子供にも伝わってしまう。

「うちの両親は悪い人たちではないんですけど、とても真面目で現実的なので、一度カウンセラーのところに連れていかれました」

「それはなかなかにキツいな……」

「物理的な実害はありませんでしたが、現実問題として見えてしまうので。それに、信じてもらえない自分と誰にも見えない彼らが似てるような気がして、無視もできなかったんです。悪い霊ばかりでもなかったですしね」

「小さかったのに偉かったな」

「お陰で斜《しゃ》に構えた性格になったのかもしれません。人には云わないほうがいいこともあるんだなと学びましたから」

さらりとした言葉だが、相当な苦労があったのだろう。

「そういうことの対処方法は誰かに習ったりしたのか？」

「いえ、図書館に通ってその手の本を片っ端から読んで。独学です」

「すごいな、独学かあ。なあ、御神酒《おみき》とか聖水とかって効くの？」

「聖水の入手方法がわからなかったので試したことはないですが、御神酒は効きました。ただ、俺みたいな素人《しろうと》が撒《ま》くと、霊を散らすことしかできないので外でしか使えませんね」

「そうなのか……」

「色々試してみましたけど、一番いいのは余計なことをせず意識もしないことです。認識されているとわかると執着してくるタイプもいるので」

「意識しないって難しくない？」

いまだって、すぐそこにいるはずの〝彼〟をいないものとして振る舞ってはいるけれど、終始そちらに意識が行っている。

「視線を向けず、反応もしなければいいんです。人間相手だって不審者がいたら、気づかないふりで通り過ぎたりするでしょう？」

「確かに……」

そういう意味では生きている人間相手とそう変わらないのかもしれない。違いは生きているか死んでいるかだけの話であって。

「それにしても、先輩はよく俺を信じてくれましたね」

自嘲《じちょう》気味な発言に、これまでの苦労が偲《しの》ばれる。

「そりゃ、ここで人が亡くなってるし、説明のつかないことも起きたんだから信じるしかないだろ」

「それだけで信じていいんですか？」

「別にそれだけじゃないよ。嘘かどうかは目を見ればわかる」

「え？」

「お前は嘘をつくようなタイプじゃないだろ。それに、いい大人がそんな嘘をついても何の得もないし、俺のことを信じてくれてるから教えてくれたんじゃないの？」

久也の反論に、榊は虚《きょ》を衝《つ》かれたような顔になった。それから少し気まずそうな顔でスパークリングワインを口に含む。

「……先輩はちょっとは人を疑ったほうがいいと思います。その内、詐欺師に騙されますよ」

榊の悪態は、まるで照れ隠しのようだ。

垣間見える素の表情に、嫌な第一印象は少し薄れてきていた。

（別に餌《え》づけされたわけじゃないからな）

最後に残しておいたソーセージを口に運びながら自分に云い訳をする。

「そういえばさ、前に会社ですれ違ったとき……」

——何で俺のこと睨んだの？

そう訊こうとして、やめた。久也が榊に何か不愉快なことをしていたとしたら、蒸し返すことになりかねない。

予想外にいい関係を築けそうないま、わざわざ確かめる必要があるだろうか。このまま榊と上手くやっていくには云わないほうがいいこともある。

「何ですか？」

「いや、何でもない。それにしても、何であの人はずっとあそこにいるんだろうな。未練があると成仏できないって云うけど、何か思い残したことがあるのかな」

「何となくですけど、〝彼〟は死んだ自覚があんまりなさそうなんですよね」

「確かにあの死因じゃ自覚できないかも」

自分が死んだことに気づいていないせいで、倒れる直前と同じ状態でそこにいるのかもしれないが。

「もし未練があるんだとしたら、それを晴らすために何か手伝ってやれることってないかな」

「先輩が手伝うんですか？　幽霊が怖いのに？」

「うるさいな。生きてる人間だって幽霊だって、手助けできるならそれに越したことはないだろ」

見て見ぬふりをすることが気持ち悪いというのもあるが、〝彼〟が困っていて何かできることがあるなら力になるべきではないのか。

「本当にお人好しのお節介ですね」

「俺は成仏して欲しいだけだ。安心して暮らしたいだろ。なあ、本当に何かこの世に未練があるなら教えてくれよ」

最後の言葉は声を張ってパーテーションの向こうに告げる。できることなら、一日でも早く穏便《おんびん》に成仏して欲しい。

「……先輩、もしかして酔っ払ってませんか？」

「え？　まだ大丈夫だって」

美味しいスパークリングワインでふわふわとしてきたが、意識はまだはっきりとしている。

「でも、顔が赤いですし、ややテンションも……」

「俺、顔に出やすいんだよね。アルコール度数三パーセントのチューハイで寝ちゃうくらい弱いけど、このグラス一杯くらいなら平気だよ」

久也の申告に、榊は渋い顔になった。

「むしろワインなんてヤバいでしょう。これ、十二パーセントありますよ」

「十二かー、けっこうあるな。でも、一杯くらいなら気持ちよくなるだけだからさ」

「念のため、これ以上はやめておいたほうがいいです」

榊が久也のグラスを自分のほうに引き寄せた直後、ひんやりとした空気が首筋を撫でた。

（ん？）

ポトフとアルコールで温まっていた体が、何故か急にすーっと冷えていく。冷蔵庫の中に放り込まれたような底冷えするような感覚だ。

「なあ、ちょっと寒くないか？」

不意に背筋に走った悪寒《おかん》に二の腕を擦《こす》る。掃き出し窓は閉まっているし、ドアもきちんと閉まっているのに何故か薄ら寒い。

「本当ですね。おかしいな、空調は入れてあるんですけど」

「風邪の引き始めだったら嫌だな」

久也は季節の変わり目に体調を崩しやすい。去年の冬は質《たち》の悪い風邪を引き込んでしまって、何日も休む羽目になった。早い内に薬を飲んでおいたほうがいいかもしれない。

「いや、これは……」

榊が顔色を曇《くも》らせる。その表情の意味を訊こうとした瞬間、部屋の明かりが不規則に明滅し始めた。

「……ここの電球は新しいのつけたよな？」

「全部おろしたてです」

息を殺して見守っていると、やがて何事もなかったかのように明かりは元通りになった。

「不良品だったのかな」

「全部が不良品っておかしいですよね」

「ダメなロットに当たったってこともあるだろ。それか器具のほうに不具合があるってことか？」

「それもないと思いますけど」

「じゃあ、心霊現象だって云うのか!?」

考えないようにしていた可能性を思わず口走る。

「ただの接触不良かもしれませんし、建物の配線に原因があるのかもしれません。ですが、霊が活動しているときは気温が下がることが多いので」

「まさか、俺があんなこと云ったから……？」

「もしかしたら、呼びかけに反応したのかもしれませんね」

「うわー！　ど、どうしよう」

それまでの酔いが一気に覚めた。久也は調子に乗っていた自分を反省する。

〝彼〟に同情して助けになりたいと思ったことは事実だが、親密になりたいわけではない。遠くで幸せになってもらいたいだけなのだ。

「困ってたら手助けするんじゃなかったんですか？」

「そ、それはそのつもりだけど、怖いもんは怖いんだよ！　なあ、ちょっと隣を確認してみてくれない？　まだそこにいる？」

半泣きで頼むと、榊がパーテーションの隙間からリビングを覗いて確認してくれる。

「ええ、あまり位置は変わっていませんね」

「あまりってことは少し動いたってことだよな……」

「でも、いまは静かですからそっとしておきましょう。刺激しないのが一番です」

「わ、わかった……」

「とりあえず、時間と現象を記録しておきましょうか。データが揃えばある程度、霊障らしき事象の原因も見えてきそうですし」

「そうだな」

表向き冷静なふりをしているけれど、内心では怯えていた。次に何が起こるかと想像すると、いてもたってもいられない。本音を云えばこのダイニングから逃げ出したい気持ちでいっぱいだった。

「そういえば、心霊現象とそうでないものってどうやって見分けるんだ？」

「肌感覚と消去法ですね。霊の仕業《しわざ》だということは直感でしかないので証明はできませんが、人的要因なら排除《はいじょ》できます」

「なるほどな……」

　ふと、さっき自室の片づけをしていたときの物音を思い出す。

「そういえば、確認しておきたいんだけど、お前いつ買い物から帰ってきた？」

「二時間くらい前ですかね」

「自分の部屋で片づけとかしてた？」

「いえ、もう整理はすんだので、買い物から戻ったあとはずっとキッチンにいましたけど」

　榊は急に怪訝な顔になる。

「じゃあ、部屋には戻ってない……？」

「はい。それがどうしたんですか？」

　榊が隣の部屋にいなかったのだとしたら、あのとき背後で鳴った音は――。

「き、気のせいだ、気のせい！」

　久也は恐怖を打ち消そうと、榊の手元からグラスを取り上げ、スパークリングワインの残りを一息に飲み干した。

6

「うう…頭が……」

駅のホームで乗客の列に並んだ久也は、ズキン、ズキンと頭を内側からハンマーで叩かれているような痛みに小さく呻《うめ》く。

朝、目覚めてからずっとこの調子だ。これから仕事だと思うとやや気が重いが、家を出る前に薬を飲んだからその内効いてくるだろう。

「先輩、大丈夫ですか？」

久也の隣で同じように並んでいる榊が気遣わしげに訊いてくる。

「大丈夫、二日酔いには慣れてるから……」

取引先や物件のオーナーとの会食は酒がつきものなので、弱いなりに限界を超えて飲まされることは日常茶飯事だ。

一種のアルコールハラスメントと云えるかもしれないが、建築業界はまだまだ古い体質がまかり通っている。営業マンがスムーズに仕事を回すには、多少の無理は必要だった。

だが、慣れているとは云え、こんなに強烈な痛みは久々だ。

経験上、ワインは体質に合わないことは自覚していたのだが、自分の部屋で耳にした物音が榊が立てたものではないとわかり、昨日は恐怖を打ち消そうと許容量以上に飲んでしまった。

目的どおりアルコールの力で酔っ払い、潰《つぶ》れるように眠れはしたが、目覚めは最悪だった。

いつもなら飲んだぶんと同量の水を飲んで、できるだけあとに引かないよう対処するのだが、動揺していたせいでそれどころではなかったのだ。

二日酔いで体は辛いが、一晩恐怖に震えて眠れずにいるよりはずっといい。

（とりあえず、もうワイン系はやめておこう……）

少なくとも、酔っ払うなら違う種類の酒がいいだろう。

「もっと水を飲んだほうがいいんじゃないですか？　駅で休憩していきましょう」

「今日は時間ぎりぎりだろ。休んでいったら遅刻する」

「それはそうですけど、気持ち悪くなったら云ってくださいね。無理してあとに引くほうがよくないです」

「わかってるって」

タワーマンションの朝のエレベーターは、各駅停車の満員電車さながらだった。まず自分の階になかなか来ない。来たと思えば満員の場合も多く、何本か見送ることになった。

ようやく乗り込めたと思ったら、一階ずつ停止するためエレベーター内は住人の苛立ちでピリピリとしていた。

あの規模の集合住宅には、エレベーターが十基あったところで十分とは云えないようだ。

「それにしても、あんなに時間がかかるなんて思いませんでしたね」

「会社のエレベーターラッシュなんて可愛《かわい》いもんだったな。明日からもっと早く出ないと」

「そうですね。コンシェルジュに空いてる時間を聞いておきます」

会社により近い立地に引っ越したというのに、混み合うエレベーターを避けるために早く家を出ることになるとは想像していなかった。

「俺、めちゃくちゃ稼ぐようになっても、タワマンは絶対買わないな」

マンションから出るだけのために、無駄な神経を使いたくない。

「わかります。四階くらいがちょうどいいですよね。先輩はどんな家が理想なんですか？」

「やっぱ一軒家かな。通勤に時間がかかってもいいから、小さい庭つきの戸建てが欲しい。あとは大型犬と暮らすのが夢なんだよね」

「一軒家ってどんな感じですか？　住んだことがないのでイメージが湧かないんですけど」

「マンションみたいに下の階に他の住人がいるわけじゃないから、足音とか物音に気をつけなくていいのは気楽だな。お前の実家はマンション？」

「はい。五階建てのマンションです」

「都心の五階建てって逆に贅沢《ぜいたく》なやつだろ。部屋数多くて、戸数の少ないタイプでセキュリティガチガチで敷地も広いんだよな」

「よくわかりますね」

「ちょっと考えたらわかるだろ」

都心でセキュリティの高い家となると、戸建てより断然マンションになる。

「部屋自体は他のマンションと変わらないと思いますよ。でも、マンション内の庭はまあ広いですね。春はお茶会が開かれたりします」

「お茶会ってすごいな。一度見に行きたいくらいだよ」

「来ますか？　母も歓迎すると思いますよ」

「いいの？　ていうか、見てみたいけど、ご家族に会わなくても」

「俺が先輩を連れていって会わせなかったのがあとからバレたら、しつこく文句を云われます」

「親は子供の友達とかに会いたがるからな。一人っ子なら尚更か」

いつまで経っても子供は子供なのだろう。どんな人間とつき合っているのか確認しておきたいに違いない。

「いや、友達というか——」

榊が何か云おうとしたそのとき、轟音《ごうおん》と強い風を引き連れて車両がホームへと滑り込んできた。空気の抜けるような音と共にドアが開き、乗客が押し出されてくる。

あんなに大勢降りたはずなのに、まだ信じられないくらいの人が乗っている。引っ越しをして会社までの距離が近くなったと云っても、満員電車から逃れられるわけではない。

車内で圧縮されるのも辛いけれど、すでに満員になった電車に乗り込むのも至難の業だ。待っていた人たちのあとに続き、ドアと人に挟まれるようにしてどうにか乗ることができた。

「大丈夫ですか？」

「な、何とか……」

電車の揺れで気持ち悪さが増幅しそうになる。会社の最寄り駅までは十分程の乗車時間だ。それだけ耐え忍べばいい。

　カーブに差しかかったところで、電車が大きく揺れた。

「ぐえっ」

　すし詰め状態の車内で、久也は乗客に押し潰される。えずきそうになるのを堪えながら、斜め前に立っている榊を見ると涼しい顔をしていた。

　久也より頭一つ分背の高い榊は、人に埋もれることもなく息苦しさとも無縁のようだ。

「お前、ポジション取りが上手いな」

「慣れですよ」

　せめて不安定な体勢を立て直そうと足の置き場を探っていると、今度はさっきとは反対側に重心が移動する。

「先輩、こっち」

「え？」

　次の駅に停車し、反対側のドアが開いた瞬間、肩を抱かれるようにして強引に引き寄せられた。気づいたときには、久也はドアの脇に立っていた榊とドアの間にすっぽりと収まっていた。

　榊は久也の頭上に肘《ひじ》をつくようにしてスペースを作ってくれている。さっきより格段に楽になった。

（行動もイケメンすぎるだろ……）

　スマートな庇《かば》い方をされ、思わずドギマギしてしまう。これは世にいう〝壁ドン〟というやつだ。

「大丈夫ですか？」

「あ、うん、ありがと」

楽に息ができるようになり、気持ち悪さがだいぶ引いていった。薬も効いてきているのか、頭痛もさっきよりは少しマシになっている。

「デカいやつはいいよな。満員電車でも息苦しいとかないだろ」

「まあ、そうですね」

「くそ、俺も鍛えようかな」

「先輩はそのままでいいと思います」

間髪入れずに否定され、さすがにムッとする。

「何だよ、鍛えても無駄だって云いたいのか？」

「あ、いえ、そういうわけでは――」

「どうせ三日坊主だし、お前みたいな体になるのは無理だってわかってるよ。いっそ、自転車通勤にでもしようかな」

通勤方法を変えれば否応なく体を動かすことになり、体力作りにも繋がるのではないだろうか。

「もっとダメですよ」

再び否定される。

「何でだよ」

「自転車はお薦めしません。都心の交通状況をわかってますか？　いま、車と自転車の事故がすごく増えてるんですよ」

「それは知ってるけど……」

「交通事故の危険だけじゃありません。出先から帰るときに一旦会社に戻らないといけなくなりますし、自転車でも飲酒運転は交通違反になりますから。営業向きではないと思います」

捲《まく》し立てるような早口の説得に気圧《けお》される。自転車の話題でそんなに熱弁を振るわれるとは思わなかった。

（自転車で危ない目にでも遭ったのかな）

どうしても久也に自転車通勤をさせたくないという、榊の強い意志が伝わってきた。

「どうせ俺と一緒に出社するんだから気にすることないですよ」

「毎朝、庇ってもらうわけにはいかないだろ」

「何かまずいんですか？」

「そりゃ――」

不思議そうにしている榊を見上げた瞬間、額に唇が当たりそうな至近距離だということに気がつき、久也はまたもやドギマギしてしまった。

榊が酷薄《こくはく》そうに見えるのは、引き結ばれた薄い唇のせいもあるかもしれない。

（でも、キスは上手そうだな――）

不意にそんな考えが脳裏に浮かぶ。これだけのイケメンなら、さぞ恋愛経験は豊富なのだろう。

榊のスーツはきちんと体に合わせて仕立ててあるのか、スタイルのよさが際立って見える。

いかにもできる男という雰囲気だ。声もいいし、見つめられてセールストークをされたら思わず契約してしまうのも頷《うなず》ける。

「何ですか？　俺の顔に何かついてますか？」

「いや、お前本当にいい男なんだなって思って」

「……いきなり何なんですか」

久也の発言に榊は一瞬動揺を見せた。褒められ慣れているだろうに。

「モテるのわかる。イケメンだし、意外と親切だしさ」

「意外とって褒めてるんですか？　けなしてるんですか？」

「褒めてるに決まってるだろ。――あ」

「今度は何です？」

「ごめん、大したことじゃないから」

「大したことないなら云ってください。忘れものでもしました？」

「そういうことじゃなくて……お前の顎の下、髭《ひげ》の剃り残しがあるなって」

「……ッ」

わざわざ云うまでもないと思ったけれど、追及されたためわざと云ってやる。久也が指摘した途端《とたん》、榊の頬《ほお》が朱に染まった。

隠したそうにしているけれど、身動きの取れない状態のためもどかしく思っているのが伝わってきた。隙のない男だと思っていたけれど、動揺すると意外と可愛い。

「会社で剃り直します」

「この位置から見られなきゃバレないと思うよ」

「いや、剃り直します」

「まあ、そのほうが安心だな」

頑《かたく》なな態度に忍び笑いが漏れる。

（そこまで恥ずかしいもんかな？）

気まずげな表情に可愛げを感じる。高慢で自信家の仕事人間というイメージは、久也の中でどんどん崩れてきていた。

乱暴に電車が停まり、空気の抜けるような音と共にドアが開いた。その途端、人の波が勢いよく流れ出し、車両の外へと押し出される。

「おっと」

蹈鞴《たたら》を踏んだ久也を、またもや榊がさりげなく支えてくれる。彼の口さがなさについ苛立ってしまうけれど、こういう目端《めはし》の利くところが仕事の成績に繋がっているのだろう。

（榊の彼女なんて堪らないだろうなあ）

当たり前のように優しくされたら、ますます好きになってしまうに違いない。

「そういえば、彼女を部屋に連れてきたいとかあったら先に云えよ。そのときは友達んちとか泊まりに行くからさ。まあ、幽霊の出る部屋に来たいかどうかはわからないけど」

ルームメイトがいたら遊びにも来にくいだろうと思い、久也は気を回したのだが。

「彼女なんていませんよ」

「え、嘘？　意外だな、お前くらいモテてたら彼女の一人や二人いてもおかしくなさそうなのに」

「恋人が二人いてどうするんですか？」

　並んで改札を抜けた榊は呆《あき》れた眼差しを久也に向けてくる。

「ものの喩《たと》えだって。さてはいまは仕事が恋人、みたいな？」

「そういうわけではないです」

「わかった！　理想が高すぎるんだろ」

　オンオフではっきり切り替えているタイプなら、恋人に求める条件も多そうだ。何か特別なこだわりがあるのかもしれない。

「高いといえば……高いのかもしれません」

「やっぱりなー。どんな子がタイプ？」

「いいでしょう、そんな話は」

「よくない。めちゃくちゃ気になる」

　社内でも榊に粉をかけている女子社員が何人もいるのだ。これだけのいい男があちこちから云い寄られてもその気にならない理由に興味がある。

「先輩はどうなんですか？」

「俺？　俺は大学でちょっとつき合ったくらいであとはさっぱり縁がなくてさ」

「社内でも合コンとかあったでしょう」

「何回か行ったけど、いっつも上手くいかなくて。俺、酒弱いから先に酔っちゃって、気がついたら他のやつら同士でまとまってるパターンばっか。合コン代もバカにならないし、最近は全然だなあ」

あの探り合うような空疎《くうそ》な会話が虚《むな》しくて、久也はついつい飲みすぎてしまうのだ。

まずは気の合う相手が見つかればいいと思っている久也とは裏腹に、男も女も下心でギラギラしていて温度差があった。

「どんな子がタイプなんですか？」

「うーん、自分をしっかり持ってる子かな。何でもかんでも俺に決めて欲しいっていうのはちょっと困るかも」

「先輩は以前そういう子とつき合ってたんですね」

「よくわかったな」

当時の彼女とは大学の同じゼミで何となく話すようになり、何となく交際するようになった。

控えめで話が合うと思ったのだが、いざつき合ってみるとどんなことも久也に決断を委《ゆだ》ねるようになった。

「ずいぶん実感が籠もっていたので」

思っていることが顔に出やすいとはよく云われるけれど、そんなにわかりやすいかと少々気恥ずかしい。

「俺、四人兄弟の長男だから頼られると張り切っちゃうんだけど、彼女相手にも兄貴役をやるのはしんどいよ」

彼女なりに自分を立ててくれていたのかもしれないが、常に主導権を握り、引っ張っていかなければならない状況がストレスになり、最終的に上手くいかずに別れることになった。

　いまならもっと話し合いをすればよかったと思うけれど、あの頃は自分も未熟で、二人で解決する方法は浮かばなかった。

「恋人には甘えたいタイプ？」

「……ていうか、甘えられなくてもいいけど、持ちつ持たれつ対等でいたいだろ。一緒にいて気が抜ける相手がいいかな」

　デートの行き先や食事のメニューを決めることも、二人で楽しみたい。

「なるほど、よくわかりました。参考になります」

　何の参考になったのかよくわからないが、榊は神妙な顔で頷いた。

（俺の恋愛観なんて、榊の参考になるとは思えないけど……）

「さっきの話に戻りますが、自分のテリトリーには他人を入れたくないので。できたら先輩も女の子を連れ込むようなことは控えていただけると助かります」

「まあ、別にいいけど」

「それに〝彼〟のことを考えたら、俺たちの家に他人を入れるのは得策ではないのでは？　誰かを招いたときに云い逃れのできないことが起きたら面倒なことになりますよ」

「そういえばそうかな……」

　あの部屋に関わる人間は極力減らすべきだろう。来客によって部屋で何かが起こることを裏づけられてしまったら噂の解消も難しくなる。

「そうだ、先輩。今日の予定はどうなってますか？」

「予定？」

「夕飯の時間を決めたいのですが」

「ああ、午後にクライアントと打ち合わせがあるけど、会社には戻ってくるから遅くても八時には帰れると思う」

「わかりました。俺も同じくらいに上がれると思うので、夕飯の支度しておきます」

「なら、一緒に帰る？　買い物とかもしてくだろ？」

「いいんですか？」

榊が驚いている意味がよくわからない。そんなに非協力的な人間だと思われていたのだろうか。

「荷物持ちくらいするって。帰るときにそっちの部署に顔出せばいい？」

「はい」

「お前と一緒に暮らしてて、退勤後はデートだなんて知られたら女性陣がうるさいだろうなあ」

「――デート……なんですか？」

「へ？　ああ、まあ、似たようなもんかなって」

真顔で訊き返され、面食らう。榊は難しい顔で黙り込んでしまった。

（さすがにからかいすぎたかな……）

榊の新たな一面は興味深いものだった。

7

「それじゃ、何か聞かれても打ち合わせどおりということでいいですか？」

「了解。お前も気をつけろよ」

「わかってます」

あの榊と一日二日で同志の気分が芽生えるとは思わなかった。共通の目的を持つと仲間意識が生まれるのだろう。

「俺、一階のトイレに寄っていくんで先に行っててください」

「そんなに我慢できないのか？」

「……髭をそり直してくるんです」

「気にするほどじゃないのに」

「俺が気になるんです」

「ま、営業は身だしなみが肝心だもんな」

気まずげに答えた榊の表情がおかしくて、小さく笑う。久也に指摘されたことが相当恥ずかしかったのかもしれない。

「あ、ちょっと待ってください。先輩のネクタイ曲がってますよ」

踵《きびす》を返しかけた瞬間、呼び止められた。

「え、嘘」

「貸してください」

ネクタイをしゅるりと解かれ、ドキリとした。器用な指先に素早く結び直され、自分でやるより綺麗なノットができあがった。

「おお！　お前、ネクタイ結ぶの上手いな」

「練習しましたからね」

榊は久也のネクタイの端をジャケットの内側にしまうと、満足そうに去っていった。その姿を見送ったあと、エレベーターの列に並ぶ。

（マンションも大変だったけど、この列もえげつない……）

二度目のエレベーターラッシュにややげんなりしていると、突然背中をばしっと叩かれた。

「よう、天海」

「痛っ！　梅原《うめはら》、おはよう」

声をかけてきたのは、同期入社組の梅原だった。

いま彼は人事課に所属しているため仕事での接点はほぼないけれど、入社前の新人研修でペアを組んでからちょくちょく一緒に飲みに行く間柄だ。

緩くウェーブのかかった髪は明るく、前髪は流れるようにセットされている。ネクタイも目を引く華やかな色合いだ。

「こんな時間にどうしたんだ？　いつももっと早いだろ」

普段の梅原ならカフェでコーヒーをテイクアウトして、始業時間まで優雅に飲んでいるはずだ。

「うん、まあちょっとな。なあ、あの噂って本当？　例のタワマンを社宅として宛《あ》てがわれたって話」

「どこからそれを——」

興味《きょうみ》津々《しんしん》な様子で目を輝かせている。この話をするために、エレベーター前で久也を待ち構えていたのだろうか。耳聡《みみざと》いにも程がある。

「会社に体《てい》よく事故物件を押しつけられて可哀想にって聞いたぜ。いくらタワマンだって云っても、〝出る〟んじゃなぁ」

「そりゃどうも……」

知らないところで同情されているのは、あまり気持ちのいいことではない。社員寮の代わりに事故物件を宛てがわれたことは不運ではあるけれど、そこに住むことを承諾したのは自分の意志だ。

「で、どうだ？　噂の事故物件の住み心地は」

梅原は賑《にぎ》やかなムードメーカーだが、口の軽いところもある。どんな尾ひれがつけ足されるかわかったものではない。用心するに越したことはない。

「期待に添えず悪いけど、〝出る〟なんてただの噂だって。無駄に広い以外は別に普通の部屋だし、何もないよ」

「何もないっていうのが怪しいな。誰にも云わないから、俺にだけこっそり教えてくれよ」

「本当なんだって。正直、俺も最初はビクビクしてたけど、特に何も起こらなくて拍子抜けしたくらいだよ」

こんなふうにさらさらと嘘がつけるのは、榊と練習しておいたからだ。マンション内の噂を消すためには、社内でも否定しておく必要があるだろうと榊が気を回したのだ。

「マジで何にもないのか？　変な物音がしたり、勝手にドアが閉まったり、ポルターガイスト現象が起こったりさ」

「ホラー映画の見すぎだって」

久也は乾《かわ》いた笑いを返しながら、いちいち確信を突く発言に内心では冷や冷やしていた。実際に変な物音はしたし、ドアは勝手に閉まったし、電気も勝手に明滅した。

「何だ、つまらん」

「他人事だと思って面白がるなよな。こっちはそこで暮らしてるんだぞ」

「悪い悪い。他人事だからさ」

「お前な……」

心から楽しんでいる様子が腹立たしいが、梅原はこういう男だ。

「けど、こんな機会でもなきゃ、億超えのタワマンなんて住めないよな。くそ、俺も社員寮の申請出しときゃよかった」

「いま住んでるところ、最高だって云ってなかったっけ？」

十階建てのマンションの最上階の角部屋で、眺めがとてもいいそうだ。

「それはそれ、これはこれって云うだろ」

そう云いながら、実際に白羽の矢が立てられたら逃げ出すのではないだろうか。興味本位で見学に行くのと、そこに住むのとではわけが違う。

「そういや、さっき一緒にいたの一課の榊だろ？　もしかして、ルームシェアの相手ってあいつ？」

「そうだけど」

「うへえ、そっちのほうが面倒くさそうだな。榊とルームシェアってどんな感じだ？　家でも態度デカいのか？」

「どんなと云われても……まあ、態度はデカいかな」

　悪気はないのだろうが、横柄さがたまにカチンとくる。しかし、一緒に暮らすにはあのくらいのほうがこちらも気を遣いすぎなくていいかもしれないと、いまは思うようになった。

（そう悪いやつでもなかったし）

　思っていたとおり、いけ好かない自信家ではあったけれど、天然だとわかって抵抗感が薄れた。

　それに可愛げもあるし、料理上手で細かなところまで気が利く。ルームメイトとしては高得点の部類ではないだろうか。

「あいつ、ちょっといけ好かないよな。合コンに誘ってやっても絶対に来ないし」

　プライベートでの人づき合いに消極的なのは、自己申告どおりのようだ。

「いけ好かないのに誘ったのか？」

「榊が来るなら参加するって子がいたから、あいつと同じ部署の横山《よこやま》に声をかけさせたんだよ」

「餌にされるのがバレてたから断られたんじゃ？」

「だとしても、少しくらい先輩に協力してくれたっていいだろ」

理不尽な梅原に呆れてしまうが、合コンに命をかけているような男だから仕方がない。

話をしている内に、ようやくエレベーターが一階まで戻ってきた。列に従って乗り込み、パズルのように隙間なく立つ。

「それでさ、実は天海にちょっと頼みがあるんだけど」

梅原は耳元に顔を近づけ、内緒話をするように切り出した。

「何？　内容次第だな」

「今度、天海の部屋を見に行ってもいい？」

「え、うちに？　榊もいるから無理だって！」

反射的に首を横に振る。思わず声が大きくなってしまったことを反省し、周りに小さく頭を下げた。

彼女を呼ぶことは禁止にしているし、榊のあの様子では来客が男だろうといい顔をされなさそうだ。

「あいつに許可もらえばいいじゃん。俺も後学のために心霊現象が起こる現場を見てみたいし」

「後学のためって意味がわからないんだけど。ていうか、引っ越したばっかでまだ片づいてないんだよ。それに心霊現象なんてただの噂だったって云ってるだろ」

どうにか諦めさせようと、久也は様々な理由を並べ立てる。

「まだ一日二日じゃわからないだろ」

「でも、本当に期待するようなものは何もないって」

「いいじゃん、ちょっとくらい。何もないならないで諦《あきら》めるからさ。ささっと見学したら帰るし、いいだろ？　タワマンの中も見てみたいんだよ」

「マジで無理だって！」

「何だよ、ケチだな」

「なら、榊に確認してみる。引っ越しの荷物も今週の金曜日ならさすがに片づいてるだろ」

梅原はさくさくと予定を決めてしまう。

「何、勝手に決めてるんだ」

「それじゃ、金曜日にな。引っ越し祝いも持ってくから、榊も入れてぱーっと飲み会しようぜ」

「見に来るだけじゃないのかよ……」

「せっかく集まるなら、楽しいことしたいだろ。他にも何人か声かけとくからさ」

「ウチを合コン会場にするな！」

いいアイデアだと云わんばかりだが、久也としては〝彼〟を刺激するような真似は何一つしたくない。賑やかになればなるほど、その危険性は大きい気がする。

それに心霊対策として置いてある盛り塩などを見つけたりしたら、梅原は大騒ぎするに違いない。

「ただの親睦会だって。じゃ、そういうことで頼んだからな。食うものはこっちで用意しとくから」

説明し、云い含めたところで面白がられるだけだ。

「おい、梅原――」

人事部のある階に到着し、梅原はひらひらと手を振りながら降りていった。

（人の都合も考えないで……あとでもう一回ちゃんと断っておかないと）

榊に相談するまでもなく、あの家に誰かを招くなど以ての外だ。

梅原はノリで押し切ってくるところがある。流されやすい久也もよくないのだが、今回は自分だけの問題ではない。社内メールで文面を残す形で断りを入れておいたほうが安全だろう。

幽霊騒ぎが大きくなって噂がさらに広まるのもまずいが、榊のことも懸念《けねん》材料だ。

プライベートで気を遣うのは真っ平だと云っているのに、仕事のあとに同僚に押しかけられるのは絶対に嫌がるだろう。

(面倒ごとを増やさないでくれよ……)

上昇していくエレベーターの中で、久也は深いため息をついたのだった。

8

ぽかぽかと体は温かく、気分はふわふわとしていて気持ちいい。

アルコールに弱い体質の癖にあとから痛い目を見ることがわかっていてもやめられないのは、この心地よさのせいだ。

「先輩、大丈夫ですか？」

「だいじょーぶ、だいじょーぶ。部屋までくらい一人で歩ける……おっと」

支えてくれている榊を押し退けて足を踏み出したものの、久也は平衡《へいこう》感覚を失い壁に手をついてしまった。

「足下ふらついてるじゃないですか」

「もう寝るだけだから気にすんなって」

「酔い潰れたいからって飲みすぎたんじゃないですか？」

「あのくらい飲んでおかないと、途中で目が覚めるんだよ」

今朝《けさ》の二日酔いはキツかったけれど、酔い潰れて寝てしまうのは悪い作戦ではなかった。そのため、今日も帰宅後酒盛りに興じたというわけだ。

飲みすぎと云っても、買い込んできたチューハイ二本と発泡酒で完全にできあがった。あとはベッドに倒れ込んで寝てしまうだけだ。

「気持ち悪くなったりしたら俺を呼んでくださいね」

「はいはい、わかったわかった。ありがとな」

「おやすみなさい」

「うん、おやすみー」

　廊下で心配そうな様子の榊と別れ、久也は覚束《おぼつか》ない足取りで自分の部屋へと戻る。

　ドアを開けたとき、足先に何かが引っかかった感触がしたけれど、久也はそのままベッドにまっすぐ向かっていき倒れ込んだ。

　今日も特に気になるような現象も起こらないまま一日を終えようとしている。深夜に何かあるかもしれないが、眠ってしまえば問題ない。知らぬが仏だ。

　上の階の住人の足音はたまに聞こえるが、気になるほどではない。照明の点滅も時々起こるけれど長く続くわけではないので慣れてきてしまった。

「それにしても、意外と平気なもんだなー」

　不気味であることには変わりないし、生理的な恐怖は消えていないけれど、いるのが当たり前だと思えば心の準備もできる。

　アルコールの力もあり、久也は布団に入るなりうとうとと眠りへと誘われた。

　〝彼〟は昨夜も動かなかったようだし、そう心配はないだろう。

　噂自体は久也たちの行動次第で消すこともできるかもしれない。だが、〝彼〟はずっとあのままなのだろうか。

（どうしたら成仏するんだろう……）

ああしてリビングから離れないということは、この家もしくはあの場所に執着があるということだろう。その未練の原因が何なのかわかれば、〝彼〟を成仏させることができるのではないだろうか。

「……って、そんな簡単にいかないか」

素人考えで上手くいくはずがないと思い直す。榊も余計なことはしないほうがいいと云っていた。よかれと思ってやったことも、ただのお節介になることもある。

「——そういえば、あれどこやったかな」

急に思い立ち、枕元や机の上を探る。そこには見当たらなかったため、久也はベッドから降りてチェストや机の引き出しを開けた。

「あれ？　おかしいな、どこにやったっけ？」

クローゼットを開け、ジャケットのポケットや使っていないカバンの中まで見たけれど、探しものは見つからない。

「……ん？　俺は何を探してるんだ？」

根本的な疑問が脳裏に浮かんだ瞬間、ふっと目が覚めた。クローゼットの前にいたと思ったのに、視界には天井が見える。

いま何かを探していたのは夢だったのか。

認識すると同時に、ぞくぞくっと背筋に震えが走り抜ける。

（何だよ、いまの……）

正確には、足の先から頭の天辺《てっぺん》に向けて悪寒が駆け抜けていった。覚醒したばかりだというのに、意識はやけにクリアだ。

全身の産毛《うぶげ》が逆立っているような感覚と共に、奇妙に神経が研ぎ澄まされている。いま感じているのは『嫌な予感』だ。

——怖い。

本能的な恐怖が悪寒と共に這《は》い上がってくる。

怖いと思うから、余計に怖くなるのだ。何も考えずに眠ってしまえばあっという間に朝になる。だけど、さっきまではあったはずの眠気は綺麗に霧散《むさん》していた。

布団の中で息を殺し、じっとしていると底冷えするような寒さが這い上がってくる。一昨日《おととい》リビングで感じた悪寒と似ている。

まさか、と思っていると、やがて、ひた、ひた、ひた、と何かの音が連続して聞こえた。それと同時に、消しそびれていた照明がチカチカと明滅し始める。

(ちゃんと盛り塩はしてあるし、入ってくるわけない——)

パニックに陥りそうになる自分にそう云い聞かせたけれど、ぎぃ…という音に久也は息を呑んだ。

「……っ」

部屋のドアが開いた音だとわかった。榊が入ってきた可能性もあるのでは、と自分をごまかそうとしたけれど、彼は人の部屋に無断で入ってくるようなことはしない。

(何で？　盛り塩が結界になってるはずだろ？)

半泣きになりながら布団の中にさらに深く潜《もぐ》ると、すぐそこに気配を感じる。間違いなく〝彼〟だ。生前の〝彼〟は明るく気さくで友達も多く、才気溢《あふ》れる人物だったらしい。だが、いま纏っているのは闇だ。すぐそこにいるだけで、体が勝手に震えてしまう。

（大丈夫だ、すぐいなくなる）

そう自分に云い聞かせ、歯を食い縛って恐怖に耐える。家中を徘徊するという噂が本当なら、この部屋に長く止まることはないだろう。

入ってきたその存在は部屋中を歩き回っているようだ。ガタガタといっているのは、チェストや机が揺れているのだろうか。家鳴りだと思い込むには、ずいぶんと音が大きかった。

（何か探してるような……。あれ？　さっきのはもしかして――）

〝彼〟の行動は、先ほど見た夢の中で久也が取っていた行動と似ている。何かを探しているのに見つからない。

絶対どこかにあるはずなのに、どこにもない。あれがないと困る。どうしても見つけないといけないのだ――。

あのとき感じた焦燥感《しょうそうかん》が生々しく蘇ってくる。

もしかしたら、あの夢は〝彼〟の思念が反映されたものだったのだろうか。

（何を探してるんだろう？）

恐怖に震えながらも、好奇心を抑えられなかった。久也は恐る恐る布団の隙間から覗いてしまった。

「……！」

暗闇の中、さらに黒い靄《もや》が見える。人影のようなそれがこちらを振り向いた瞬間、キィン、と耳鳴りがした。

「……っ」

爪先から足の天辺まで冷たい電流が駆け抜けたような感覚に襲われたかと思うと、いきなり体が動かなくなった。

四肢に力を入れても、びくともしない。悲鳴すら喉に引っかかって出てこなかった。

(こ、これって金縛り?)

体の自由が利かなくても、頭の中はクリアだ。パニックになりそうな自分を必死に抑え込む。

(こ、こういう場合どうしたらいいんだ?)

榊に金縛りの経験を聞いておけばよかった。彼なら何かしらの対処方法を知っている気がする。だが、布団から出られない以上、塩も除菌スプレーも取りにいくことができない。

どうにか体を動かそうと四苦八苦していたら、ひんやりとした何かが足の甲に触れた。

「……!?」

気のせいだと思おうとしたけれど、冷たい手のひらの感触が、何かを探すような動きで久也の体を這い上がってくる。

太股、腰、腹部、胸部とぺたぺたと体をくまなく触られる。

いま自由なのは、頭の中だけだ。除霊の呪文でも覚えておけば少しは役に立ったかもしれないのに。

(――お経ならどうだ?　南無阿弥陀仏南無阿弥陀仏)

唯一空《そら》で云えるお経はこれしかない。口も動かないため、必死に心の中で繰り返す。するとお経が効いたのか、冷たい手の動きが一瞬鈍くなった。

何気なく手を握りしめたら、拳《こぶし》の形になった。指が動く。そうわかった瞬間、久也は勢いよく飛び起きた。

「……！」

廊下に飛び出し、久也は隣の榊の部屋に飛び込んだ。

榊はベッドの上で眼鏡《めがね》をかけ、読書灯で文庫本を読んでいた。血相を変えて現れた久也を見て、驚いたように表情を強張らせる。

「先輩、どうしたんですか？」

「で、出た、マジで出た！　いま俺のところに……っ」

縋るように身振り手振りで説明しようとする久也の肩に手を置き、榊が宥めてくる。

「大丈夫ですから落ち着いてください」

「落ち着いてられるか！　あんな、あんなこと――」

「俺の目を見てください。大丈夫ですから」

手を握られ、まっすぐ見つめられる。冷静な榊の目を見ていたら、混乱が少し収まってきた。久也はそのまま手を引かれ、ベッドの縁にすとんと腰を下ろす。

「ご、ごめん、パニックになっちゃって」

手の甲から伝わってくる温もりに、気持ちが落ち着いてくる。大騒ぎした自分がだんだんと恥ずかしくなってきた。

「何があったか教えてください」

まるでカウンセラーのように問いかけられ、久也は順を追って話し出した。

「さっき急に目が覚めて、廊下を歩く気配を感じて息を殺してじっとしてたんだ。そしたら、彼が部屋に入ってきて金縛りに遭って」

「それは怖かったですね」

「それだけならまだよかったんだけど、そいつに見つかって体を触られて――」

「体を？」

榊は急に怖い顔になった。過剰な反応に恐怖が増す。

「やっぱりまずいのかな。呪われるとか、そういうのある？」

「あ、いえ、そういうわけでは――すみません、ちょっと動揺してしまって。そういう行動に出るようなタイプの霊には見えなかったので意外で……ちなみにどこを触られたんですか？」

「足下から体中をぺたぺた触られた」

「体中!?」

「信じられないだろ？　金縛りで動けなかったんだけど、首を絞められそうになって叫んだら動けるようになったんだ」

「……許せないな。先輩に気安く触るなんて」

「え？」

「あ、いや、先輩をそんなに怖がらせるなんて酷いなと」

「だろ!?　俺が何したって云うんだよ！　何か今後影響あったりするのか？」

「先輩から嫌な気配は感じませんし、そういうのは大丈夫だと思います。もしもターゲットになっていたり、呪われるようなことがあったらすぐわかりますから」

「本当か？」

「心配しないでください。霊障の影響は感じられませんから」

　榊の言葉にほっと胸を撫で下ろす。

「それならよかった。でも、ちゃんと盛り塩はしてあったのに何で部屋にまで……。あれを置いておけば、結界になるんだろ？」

「もしかしたら、盛り塩が崩れてたのかもな。それなら、部屋の中に入れるようになったことも納得が行きます。心当たりはありますか？」

「さっき、部屋に入るときに足が当たって蹴《け》飛ばしたかも……」

　千鳥足だったため、何かに爪先を引っかけたような気もする。迂闊《うかつ》な自分の行動を恨むしかない。

「お茶でも淹《い》れてきましょうか。何か温かいものを飲んだら落ち着くでしょうし」

「ダメ！　俺を一人にしないでくれ」

　久也は慌てて榊を引き留めた。いまも彼が廊下を徘徊している気配がする。榊の部屋にまでは入ってこないだろうが、それでも一人は心細すぎる。

「すぐ戻ってきますよ」

「そんなこと云って、お前に何かあったら俺はどうしたらいいんだ」

「危険な霊ではないはずですけど……先輩がそう云うなら、一緒にいます」

「ありがとな、お前は俺の恩人だ」

部屋に留《とど》まってくれた榊に感謝する。傍にいてくれるだけで心強い。

「大袈裟《おおげさ》ですよ。でも、多分明け方までうろついてると思いますけど、どうするつもりですか？」

榊の問いかけは尤《もっと》もだった。このままでは自分の部屋にも戻れない。

「あのさ、ものは相談なんだけど、ここで寝ちゃダメ……？」

「一緒に寝るってことですか？」

榊は困惑の表情を浮かべている。ダブルサイズのベッドは大人の男二人で寝ても狭くはなさそうだが、そういう問題ではないことは久也もわかっている。

「俺は床でいいから、夜が明けるまでここにいさせてくれ！」

榊は自分のテリトリーに他人が入るのが嫌なのだと云っていた。本当なら自室に久也がいることも快《こころよ》くは思っていないだろう。

そうだとしても、いまの久也には他に選択肢はなかった。

「先輩がいいなら、構いませんが……」

「本当!?　ありがとう！」

複雑そうな様子だったけれど、久也が必死すぎるからか榊は了承してくれた。

「先輩を床で寝させるわけにもいかないので、ベッドで寝てください」

「同じベッドで寝ても平気なのか？」

「先輩の寝相が悪くなければ。二人でも狭くはないでしょうし」

「それなら大丈夫。狭い部屋で兄弟揃って寝てたから狭いスペースで寝るのは得意だよ」

「普通に寝てくれればいいですよ。壁のほうで寝てもらえますか？」

「ありがとう」

促されるがままに、榊の布団に潜り込む。軽い羽布団の感触は心地よく、温かかった。榊も隣に入り込んでくる。

「明かりを消しますね」

「うん、おやすみ――」

榊が読書灯を消そうとした瞬間、ひた、ひた、ひた、という足音が聞こえてきた。久也は思わず息を呑む。

「…………」

「部屋の外にいますね。順番に部屋を回ってるのかな」

「こ、ここには入ってこないよな？」

「盛り塩が効いてるなら、入れないとは思いますが――」

ドン！　と突然ドアを叩く音がした。

「ひっ」

「中に入りたいみたいですね」

ドアノブもガチャガチャと乱暴に鳴る。鍵のかかった部屋を無理やりこじ開けようとしているかのようだった。

「盛り塩が効いてるんじゃなかったのか!?」

「先輩、この部屋に入ってくるときも、盛り塩に足を引っかけたんじゃないですか?」

「そ、そうかも……」

榊の部屋に入るときにも、自分の部屋の前のものと同じように塩を載せている皿を蹴ってしまったのかもしれない。

「入ってはこられないみたいなので、完全に崩れてはいないのかもしれません。この部屋の中は安全そうですね」

「追いかけてきたってことは、俺、あの人を怒らせちゃったのかな」

「そうとは限りません。家中を徘徊するという話でしたから、こっちの部屋に来ることはルーティンの一環なのかも。ただ、盛り塩が崩れたことでドアが見えるようになったんでしょう。中に入れなくて苛立っているようです」

「どうしたらいいんだ?」

久也はもう半泣きだった。どうにか逃げ込んできた場所も、自分のせいで安寧《あんねい》の地ではなくなってしまった。

「〝彼〟が静かになるまで待つのが一番穏便な手段ですけど、それもいつになるかわからないですしね……」

榊は思案顔で黙り込む。その間も、ドン！　ドン！　とドアを叩く音が繰り返し聞こえてくる。

「何か方法はないのか？　そうだ！　ほら、御神酒をかければ追い払えるんだろ？　お前、持ってなかったっけ？」

一時的な効果だと云っていたけれど、一瞬だけでも追い払えるならありがたい。その隙に盛り塩を直し、〝彼〟が入れないようにすればいい。

「ちょ、御神酒を料理に使うなよ！」

「すみません、料理酒に使おうと思ってキッチンに持っていってしまいました」

「いい酒だったので、つい」

「あ、もしかして今日のアサリの酒蒸しって……」

夕飯のアサリは身が大きくふっくらと蒸されていて、久也は榊のぶんまで平らげてしまった。

「よくわかりましたね、あれに使いました」

「そんな……」

頬が落ちそうなほど美味しかったが、大事な御神酒が使われていたなんて。

「御神酒を口にすると一時的に体が清められるんですが、霊を完全に追い払う効果はないみたいですね。火を通してしまうと効き目がなくなるのかな。それとも、殺生《せっしょう》のほうが問題か？」

榊はぶつぶつと自問自答を繰り返しているが、いまはそんな余裕などない。こうしている間も、ドアノブは激しく揺さぶられている。

「あっ、そこにスプレーがあるじゃん！」

悲嘆に暮れていたら、榊の机の上に室内用の除菌スプレーを見つけた。

「俺はあれを使うのは構わないんですけど、先輩は大丈夫ですか？　除菌剤にしろ御神酒にしろ、一度ドアを開けなきゃいけませんよ」

「あっ」

榊の指摘に言葉を失う。いま、あのドアを開けて〝彼〟と対面するくらいなら心霊現象を我慢したほうがまだマシかもしれない。

「じゃあ、夜が明けるまでこのままなのか？」

「——方法が、残ってなくはないです」

「本当か⁉　どうしたらいい？」

「効くかどうかはわかりませんが、本当にやってみますか？」

「やるやる！　何でもやる！」

この状況を打破できるなら何だってする。

「わかりました。先輩がそう云うなら俺も協力します」

「うん。で、何をすればいい？」

「エロいことです」

「……は？」

「まだ一度も試したことはないんですが、性的なことをしていると心霊的なものを追い払うことができるという話を聞いたことがあります」

「そういえば、俺も聞いたことがあるな」

その話を最初に耳にしたときは笑ってしまった。だが、いまは藁《わら》にも縋りたい。

「でも、エロいことって何をどうやって試せば……」

ここには久也と榊しかいない。

「ＡＶとか流してみます？」

「なるほど」

榊は真面目な顔でスマートフォンを取り出し、早速検索を始めた。

「どれでもいいか。流すのはサンプルでいいですよね？」

「いいから、早く」

榊がてきとうな動画の再生ボタンを押すと、小芝居《こしばい》が始まった。職場で秘書の女性が若き社長に強く迫り、行為を求めるという内容らしい。

こんな状況でなければ楽しく見ることができるのだろうが、いまはそんな余裕は微塵《みじん》もない。

『あっ、あ、あぁん！　もっと――』

ドアを叩く音に重なって、大音量で女優の嬌声《きょうせい》が室内に響き始める。〝彼〟を追い払うためにもっと派手に喘《あえ》いでくれと願っていたけれど、動画はあっという間に終わった。

「え、もう終わり？」

「サンプルだから短いですね。課金すれば全編見られますけど。違うやつも流してみましょうか」

榊は違う作品をクリックする。またしてもオフィスものだった。しかし、ノブの動きは一層激しさを増した。

「ど、どうしよう、全然効いてない……ジャンルも関係あるとか？」

「人妻ものにしてみますか？」

違う動画に切り替えてみたものの、ドアを叩く様子は変わらない。

「もしかして、演技だとダメなのかも。実際にしないと効果がないんじゃないですか？」

「え、そんな……」

榊の意見には一理あるかもしれないが、実際にと云われても方法がない。

――ドンドンドンドン！

「ひっ」

ドアを叩く音は激しさを増す。入りたい場所に入れないことに苛立ちを覚えているようだ。

「……やってみます？　俺と先輩で」

榊は人差し指を自分と久也に交互に向けながら告げた。

「え？」

すぐに意味を理解できず、久也は云われた言葉を脳裏で反芻《はんすう》する。

（エロいことを俺と榊で……？）

ようやく意味がわかり、ぶわっと顔が熱くなった。

「は、はあ？　何云ってんだ、俺たち男同士だろ！」

「別に男同士だってエロいことはできるでしょ。男子校だと抜き合いしたりするっていうじゃないですか」

「お前、男子校出身なの？」

「いえ、共学です」

「共学でそういうことしてたのか？」

「経験はありません」

　堂々と云いきられ、拍子抜けしてしまう。

「だったら何でそんな自信満々なんだよ！」

「やったことはありませんが、そう難しくはないでしょう？　ちょっと試してみるだけなら、あのインチキのお札とは違ってタダですよ」

「うっ……」

　こんなときに無駄な出費のことを思い出させないで欲しい。

「相手が俺だと思わなければ平気でしょう？　先輩は目を瞑って横になっているだけでいいですよ」

「相手の問題じゃない！　気安くできることじゃないだろう。体だけの関係を持てるやつもいるだろうけど、俺はちゃんと関係性を築いてから――ぎゃっ」

　あれこれと云い訳している間も、ドアは叩かれ続けている。その執拗《しつよう》さに〝彼〟の苛立ちが伝わってくる。

「……そ、そうだ！　一人でしてみるのはどうかな？　それだってエッチなことだろ？」

「先輩がするんですか？」

「うっ……まあ、さすがにお前にさせるわけにはいかないし……」

怖がっているのは久也だけだ。それなのに、後輩に自慰を強要するなんて人でなしになってしまう。

「俺が傍にいてできますか？」

「……っ、や、やるしかないだろ。ほら、あっち向いてろよ」

やると云ってしまった以上、男に二言はない。本当ならこんなことやりたくはないけれど背に腹は代えられないのだ。

「わかりました」

榊はベッドの上で久也に背中を向ける。躊躇っている間もドアノブは乱暴に回され、ドアを叩く音はしつこく続いている。

（ええい、くそ！）

久也は思い切って下着の中に手を突っ込んだ。

榊の存在は無理やり頭の中から追い出し、普段どおりに手を動かしてみた。けれど、上手くいかない。ぴくりとも反応しないどころか、さらに萎縮《いしゅく》している気がする。

「あれ？　おかしいな……」

「大丈夫ですか？」

「大丈夫に決まってるだろ！」

「上手く勃《た》たないんじゃ？」

「う、うるさいな！　気持ちの準備が必要なんだよ。お前だって男ならわかるだろ？」

云い訳をしつつ、必死に指を動かす。だが、快感が呼び起こされる気配が全くない。焦燥感に苛《さいな》まれながらあれこれ試してみても、久也のそれは鎮《しず》まったままだった。

(何で……)

やはり、こんな緊張感のある中で勃たせるほうが難しいのかもしれない。

「——手伝いましょうか」

「え?」

久也の返事を待たず、榊は背中から抱き込むように腕を回してきた。温かいものに包み込まれる感触にドキリとしたのも束の間、やんわりとスウェットの上から股間を触られる。

「榊!?」

思わず名前を呼ぶ声が引っくり返る。

「先輩は目を瞑っててください。好きな相手を思い浮かべながらじっとしてるだけでいいですから」

「だけって云われても——ぎゃっ」

そう云って体を引こうとしたけれど、榊は躊躇いもなくスウェットの中に手を突っ込んでくる。下着越しに自身に触れられ、思わず色気のない声を上げてしまった。

(そもそも、色気があってどうする)

「先輩、力を抜いて」

そんなことを云われても、余計に体が強張ってしまう。

「ちょ、ちょっと待って、まだ心の準備が……あっ」

榊の指が食い込む感触に、喉の奥が鳴るように声が出た。

「すぐにすみますから」

「すぐって云われても、あ、や……っ」

そのまま下着越しに強く擦られ、久也のそれはあっさりと反応した。榊の巧みな指遣いに呆気《あっけ》なく張り詰めていく。

長らく彼女もいないせいだろうか。男相手にその気になれるはずがないと思っていたのに、久也の体は違和感を抱くこともなく榊によって高められていった。

(嘘だろ)

いっそ不快感があったならよかった。だが、実際は感じてしまっている。

「あ、は……っ、やっぱり、こういうのはちょっと——」

「しっ、黙って」

「〜〜っ」

耳元で囁《ささや》かれ、鼓膜《こまく》から伝わる低い声にぞくぞくと震えた。

「……っ、ん、く……」

久也は零れてしまいそうになる声を必死に噛み殺す。

「先輩、それらしい雰囲気が出るので、声は出したほうがいいと思います」

「そんなの——っあ、ぁん！」

簡単に云うなと反論しようとした瞬間、先端を布越しに爪で軽く引っかかれ、びくんっと腰が跳ねる。

さらに潤《うる》んだ先端を指先で刺激され、続けて自分のものとは思えない甘ったるい声が出た。

（いまの俺の声？）

自分でも耳を疑うが、喉から押し出される声は嘘みたいに蕩けきっていた。

「もう濡《ぬ》れてきてる。このままだと下着が汚れちゃいますね」

「え？　うわっ」

榊は勝手に下着を下ろし、熱を持った久也のものを直に握り込んだ。

「さすがにそれは……あっ、やめ、あ……っ」

自分の性器に榊が触れている。その事実だけで、久也の脳内の神経は焼き切れてしまいそうになった。直接触れる指の感触に羞恥《しゅうち》で怯んだのも束の間、強弱をつけた刺激に翻弄《ほんろう》される。

「あっあ、はっ、ああっ」

溢れた体液を塗りつけるようにして扱《しご》かれると、さらに感じてしまう。

（くそ、こいつ上手すぎないか……!?）

手慣れた手技で容赦なく高められていき、頭の中がぼんやりしてくる。与えられる快感だけに浸っていたい。そんな気持ちになってくる。

「あ、や、あ……っ」

「先輩、可愛い」

「え……？　何云って……っあ、あ、はっ」

「気持ちいいですか？」

「どうって――」

訊かなくても答えのわかっている質問はしないで欲しい。いま触れているものの状態から明白だ。

「教えてください。ここはどうですか？」

「ぅあっ、あ、ダメ、強くすると……あっあ、あ！」

「こうされるの好きなんですね」

榊は久也がダメだと云ったところを敢《あ》えて責めてくる。そこが特に弱いのだと、自分でも今日初めて知った。

「あ、あっ、好き、あっ、ぁン、んんっ」

榊は久也の反応を見ながら、細かく強弱を変えてくる。気持ちよすぎて、どうにかなってしまいそうだった。

「も、放せ……っ、あっ、あ、はっ」

「いまやめたら辛いですよ」

「いい、から……っ、や、もう……っ」

「ああ、出そうなんですね。わかりました」

何をどうわかったというのか、榊は聞く耳を持たず久也のそれを扱く指に力を込める。

（もう、どうにでもしてくれ）

あまりの快感に理性も矜持《きょうじ》も吹っ飛んでしまう。久也はまな板の上の鯉《こい》のような気分で与えられる

感覚に溺《おぼ》れた。

「あっ、あっ、ああ……ッ」

欲望が爆《は》ぜ、下着が生温かいもので濡れた。解放感に大きく息を吐く。言葉にならないほどの快感の余韻に浸りかけた久也は、やがてじわじわと現実を思い出した。

（……榊にイカされてしまった……）

顔もよくて仕事もできる上に、前戯も上手いなんてずるいとしか云いようがない。

気がつくと部屋の外は静かになり、物音もしなくなっていた。ただ久也の荒い吐息だけが室内に響いている。

「——効果、あったのか……？」

息を殺し、気配に耳を澄ます。不穏な空気は消え、静寂だけが漂っていた。

「そうみたいですね」

榊の言葉に久也はほっと胸を撫で下ろした。完全に消えたわけではないだろうが、こちらに向かってこなくなったならそれでいい。体を張った甲斐があったというものだ。

「……先輩、このままじゃ辛くないですか？」

「へ？」

「まだこんなですけど」

「うあ!?」

再び強く握られ、変な声が出てしまった。その刺激で、久也のそこがさらに硬くなる。

「も、もういいって、ほら、あいつもいなくなったし……」

榊の体を押し返すけれど、急所を握られている状態では強く抵抗することも難しい。このまま身を任せたい誘惑に駆られている自分に久也は戸惑った。

事実、久也の体はさらなる快感を求めている。だからといって、これ以上榊の世話になるわけにはいかないと、理性では思うのだが――。

「また始まるかもしれませんよ。先輩もこのままじゃ眠れないでしょう？」

「いいよ、もう自分でするから――あっ、ちょ、あ、あ……っ」

榊の手の中で弄《もてあそ》ばれ、久也の欲望はまた痛いくらいに張り詰めてくる。

「ほら、まだキツそうだ」

「いや、そこまでしなくても……っ」

「俺に任せてください。さっきも気持ちよかったでしょう？」

「よかったけど、そういうわけには――あっ、やめ、あ……っ」

これ以上、甘えたくない。固辞しようとしたけれど、榊の指遣いは巧みであっという間に体が蕩けてしまう。抗い難いその手技に翻弄されながら、久也の夜は更《ふ》けていった。

9

ゆっくりと微睡《まどろ》みから覚醒する。こんなふうに心地のいい目覚めはいつぶりだろう。ずいぶんと深い眠りについていたようだ。

ふわふわの布団《ふとん》も気持ちがいい。このまま二度寝を決め込みたいと寝返りを打ち、枕に顔を埋める。

（いい匂い）

布団の心地よさも相俟《あいま》って、この匂いを嗅いでいると不思議と安心する。久也の使っている柔軟剤とは違う香りだ。自分のベッドではないらしい。

「ここどこだっけ……？」

うっすら目を開けると、ダークグレーのシーツと枕カバーが目に入る。おもむろに起き上がり、ぼんやりと室内を見回した。

「——榊の……？」

どうして榊の部屋に——と記憶を辿り、昨夜のできごとを思い出して、久也の頬は茹《ゆ》で上がった。

部屋に〝彼〟が現れ、恐怖に耐えかねて榊の部屋に飛び込んだのだ。

苦肉の策で追い払うことになり、それは無事に成功したけれど、思い出すと羞恥《しゅうち》で死にそうだった。

あんなに気持ちがよかったのは、生まれて初めてだ。まだ残る榊の指の感触に、また張り詰めてしまいそうになる。

（こんな時間から何考えてるんだ）

ベッドから抜け出そうとすると、下に何も履いていないことに気づいた。

「……っ」

下着を汚してしまったから、眠ってから榊が脱がしておいてくれたのだろうか。しかも、脱いだものも見つからない。

（まさか、下着まで洗ってくれてたりしないよね……）

そんなことをされていたら末代までの恥だ。榊が先に起きていてくれて助かった。さすがに起き抜けで横にいたら、どんな顔をすればいいかわからない。

「あいつにとっては何てことないのかな……」

彼の行動に躊躇いは一切感じられなかった。まるで転んだ相手に手を差し伸べるかのような気安さで久也に触れてきたのだ。

久也を高める行為もマッサージを施すかのような慣れた手つきだった。生まれながらにしてモテてきたような男にとっては、相手が女だろうが男だろうが特に意識すべき事柄ではないのかもしれない。ある程度の経験があれば、きっと応用も利くのだろう。あれだけ上手かったのが、その証拠だ。

「……顔合わせたくないなあ」

いつものように涼しい顔をしているだろう榊の前で、狼狽《うろた》えているところなど見せたくない。恋愛経験が劣っていたとしても、自分のほうが二年も先輩なのだ。

日中はともかく、日が暮れれば〝彼〟も活動的になる。退社後、この部屋で榊と共に過ごすということは、また同じような必要性が生じるかもしれないということだ。

（塩とか御神酒とか用意しとけばいいんだろうけど……）

それらの方法があったとしても、どうしたって意識してしまう。どんなふうに高められ、どんなふうにイカされたかを思い出してしまうはずだ。

「くそ、オナニー覚えたての中学生じゃないんだぞ」

早く家に帰らずにすむ云い訳はないだろうかと思案する。残業はできるだけしないようにと云われているし、飲み会の予定もない。

「飲み会――。そうだ、今日は予定があるじゃん」

担当している小規模集合住宅のオーナーからの招待で、彼の自宅で食事をすることになっている。

帰りが遅くなる理由があるということを思い出し、久也は少し気が軽くなった。

とりあえず、シャワーを浴びて着替えなければ。そうすれば、少しは気持ちの整理もつくだろう。

久也はパジャマ代わりのTシャツの裾を引っ張って下肢を隠しながら、そろそろと自分の部屋に戻った。

シャワーで体を洗い清め、ワイシャツとスラックスを身に着けたら、いくらか気分が切り替わった。

昨日のあれは、ただの手段だったのだ。特に意識するようなことではない。そう自分に云い聞かせながら、久也はダイニングに顔を出す。

「あー、その、おはよ」

「おはようございます。朝食できてますよ」

「……っ」

振り返った榊と目が合ったその瞬間、久也の心臓がドキリと跳ねた。

寝不足が続く中、エナジードリンクを飲みすぎたときと似た症状だ。

だが、いつもどおりの榊にはほっとする。久也を気遣って何もなかったように振る舞ってくれているのかもしれない。

（……いまのは何だ？）

テーブルにはこんがり焼けたバゲットにカリカリのベーコンと半熟の目玉焼き。

インスタントではなさそうなポタージュスープにたっぷりのカフェオレ。山盛りのサラダにはフルーツまで添えてある。

「今日はやけに量が多くないか？」

「すみません、ぼんやりしてて作りすぎました。食べきれなかったら残してくれていいですから」

気のせいか、榊も少しぎこちない。

致し方なかったとは云え、ただのルームメイトである会社の先輩とあんなことをしてしまったのだから後悔していてもおかしくはないだろう。

「いや、お腹空いてたしありがたいよ。いただきます」

どう考えても気まずい。バゲットを咀嚼《そしゃく》して呑み込もうとするけれど、上手くいかない。久也は仕方なくそれをカフェオレで流し込んだ。

榊のほうも硬い表情で黙々とサラダを口に運んでいる。

（俺から気にするなって云ってやったほうがいいのかな？　いや、でも……）

せめてもの年長者としての矜持でもって、後輩の肩の荷を下ろしてやるべきではないだろうか。しかし、どう切り出すべきか。逡巡《しゅんじゅん》していたら、榊が先に口を開いた。

「——昨日はすみませんでした」

「……っ」

突然正面から謝罪され、思わずカフェオレを吹き出しそうになる。

「さすがに強引で性急だったと反省してます。あんなことが起こるなんて思ってもいなかったので、いま思うと気が動転していたんだと思います。本当に申し訳ありませんでした」

「————」

先に後輩から云わせてしまった。

榊も動揺していたのだと知り、内心ほっとしながらも、久也は慌てて取り繕《つくろ》った。

「ま、まあ気にすんなよ！　男同士なんだしさ」

平気なふりをしながら慰《なぐさ》めを口にすると、榊もほっとしたらしい。この数日で、彼が思っていたほど器用でも要領がいいわけでもないということがわかった。

「そう云ってもらえると助かります」

気にするなと云いながらも、実際のところ気にしているのは久也のほうなのだ。いまも榊の顔を直視できないし、昨夜の感覚が生々しく蘇ってきそうになっている。

「それにしても、昨日はずいぶん積極的でしたね」

「へっ⁉」

「苛立ち以上に焦りを感じました」

「あ、ああ、〝彼〟のことね……」

自分のことを云われたわけではなかったらしい。第一ほぼ榊に身を任せていたのだから、積極的も何もないのだ。

内心で「もっと」などと思っていたことは、榊には気づかれてはいないはずだ。多分。

「——だと思いませんか？」

「え？」

「先輩、俺の話を聞いてなかったでしょう」

「ごめん、ちょっとぼんやりしてた」

謝罪すると、榊は軽く咳《せき》払いをしてから再び口を開いた。

「〝彼〟の行動には何らかの理由があると思うんですが、触られたときはどんな感じでしたか？」

「ああ。どんなって冷たくて力が強くて……そうだ。昨日、金縛りに遭ったって云ったろ？　体に触られる前に変な夢を見たんだ」

「どんな夢ですか？」

「俺は何かを探してるんだけど、全く見つからなくて困ってた。でも、何を探しているのかは俺にはわからなくて。もしかして、あれは〝彼〟の意識が俺に乗り移った夢だったのかなって……」

「その可能性はありますね」

「そう考えてみると、俺の体を触ってたときも身体検査みたいだったな」

首に触れられた瞬間、絞められるのだと反射的に思ってしまったが、そういう意図はなかったのかもしれない。

「霊は亡くなる寸前の記憶に影響されていることが多いので、直前に何か失くしものをして、それを探しているのかもしれないですね」

毎晩、家中を彷徨《さまよ》っているのは、探しものをしているから。

それが彼の『未練』なのだとしたら――。

「思ったんだけどさ。探しものが見つかれば、成仏するってことはないかな？」

「それはありそうですね。でも、その紛失物がいまさら見つかるとは思えませんけど」

「探してみないとわからないだろ」

「考えてみてください。一度入居者も入って、内装もやり直してるんですよ？　忘れものがあれば届けられているか処分されてるはずです。そもそも、その探しものがこの部屋の中にあるという確証もありませんし」

「う……でも、業者が見逃すようなところに入り込んでるかもしれないし……。ほら、手紙とか書類とか、紙なら隙間に入り込んでる可能性だってあると思わない？」

榊の云っていることは尤もだ。けれど、何もしないで時間が過ぎるのを待つだけなのも怖い。

「それもそうですね。確かに何でも試してみるべきです」

「だろ？」

榊が同意してくれて嬉しくなる。

「ただ、探しものをするにしても、ある程度目的のものの目処《めど》をつけたいですよね」

「そりゃ、それができればいいけど……」

「遺族から話を聞くのはどうでしょうか？　亡くなる前の行動がわかれば、推測できることもあるかと。部長にはいい顔をされないとは思いますけど」

「俺たちだけでこっそりやればいいんじゃないかな？　話を聞くだけだしさ。けど、実家の連絡先なんてわかるのか？」

「部屋を引き払うときに連絡を取っていた社員もいるはずですから、周りに聞いてみます」

「頼んでいいか？」

「少し心当たりがあるので」

プライベートでは仕事したくないと云いながら、顔が広いところはさすがだ。

「そういえばずっと気になってたんだけどさ、幽霊ならドアを通らなくても壁をすり抜けられるんじゃないのか？　通り抜けられない理由でもあるのかな」

「生前の記憶があるからかもしれませんね。壁があるところは通れないという固定観念に基づいて行動してるんじゃないでしょうか」

「なるほど……」

確かに自分が死んで幽霊になったとしても、普通にドアから出入りしてしまいそうだ。

「乱暴にドアを開けようとしてたのは、本来なら開くはずのものが開かないことに苛立っていたのかもしれません」

榊の考察は納得が行く。亡くなった彼らにも、彼らなりの約束ごとがあるのだろう。

「先輩、今日の予定はどうなってますか？」

「あ、今日の晩飯はいらないから。帰りも遅くなると思う」

寝静まった部屋に帰るのは少し怖い。起きていてくれるとありがたいけれど、そんな我が侭を云うわけにはいかない。

「会食ですか？」

「うん、まあ、そんなとこかな。担当してる物件のオーナーさんから食事に誘われててさ。仕事が終わったら行ってくる。食事っていうか、メインは飲みなんだけど」

夜の予定を切り出せてほっとする。酔っ払って帰ってくれれば、気まずさも薄れるだろう。

「飲み？　先輩、あんなに酒に弱いのに？」

「仕方ないんだよ。俺を気に入ってアパートたくさん建ててくれた人だから断れなくて」

久也の仕事は、主に利便性の高い土地を所有するオーナーに対して賃貸専用住宅や店舗つき賃貸住宅、サービスつき高齢者向け住宅などの建築を提案することだ。

件《くだん》のオーナーは元々大規模な農業をやっていた人なのだが、小規模の賃貸マンションやテラスハウスなどをたくさん建ててくれた久也のお得意様だ。

「そのオーナーさんはどんな人なんですか？」

「一言で云うと豪快な人かな。朝丘《あさおか》さんって云うんだけど、気っぷがよくて大きい決断もスパッとするし、損切りも早い。農家だけど、商売人って感じだな」

担当者として定期的に様子を伺いに行くのだが、そのたびに大歓迎を受ける。子供たちが皆、独立してしまい、孫たちもなかなか遊びに来ないため、淋しいのだと彼の妻に耳打ちされた。

「先輩はその人のことが好きなんですね」

「うん、すごく尊敬してる。何ていうか、人好きする人なんだよな。俺が亡くなった息子さんと同い年らしくて、要領の悪いところが似てるって云って可愛がってくれてるんだ」

「そうだったんですか」

「結婚して九州《きゅうしゅう》に嫁《とつ》いでいった娘さんもいるんだけど、なかなか会えないし、俺が顔出して気が紛れるならいいかなって。奥さんの作るご飯も美味しいし。飲みの席の朝丘さんは要注意なんだけどさ」

「なるほど、雰囲気を壊したくなくてお酒を断れないんですね」

「そう。あの人、めちゃくちゃ酒豪で、朝まで放してもらえなくて大変なんだよ」

人と話すのは好きなほうだし、朝丘夫人の手料理も絶品で招待を受けるたびに舌鼓を打っている。

問題は酒を勧められることだ。ことアルコールに関しては困った人になってしまう。

久也も酒の味は好きなのだ。たくさん飲めたらどんなにいいかと思うけれど、現実はそうはいかない。アルコール分三パーセントのチューハイで気持ちよく酔っ払ってしまうのだから。

「ほどほどのところでやめておけばいいじゃないですか？」

「あんなに楽しそうに飲んでるところに水差すわけにはいかないだろ」

「そうやって人に優しいのは先輩の長所ですが、自分の体のことも考えてください」

「まだ若いから大丈夫だって。すごくいいお酒をタダで飲ませてもらえるから、強いやつなら天国なんだろうけどさ。そうだ、お前も来る？」

　榊くらい酒に強ければ、二日酔いなど心配することなく楽しく飲めそうだ。

「一緒に行ってもいいならお供します」

　冗談で誘ったのに、榊は意外にも食いついてきた。

「マジで？　いや、でも悪いよ、そんな。お前、飲み会嫌いなんじゃなかったっけ？」

「合コンみたいなノリの席が好きになれないだけです。先輩のぶん、代わりに飲みますよ」

　朝丘に勧められる酒を誰かに飲んでもらえたらと思うことは多々あったけれど、実際に誰かを犠牲にするのは気が引ける。

「ちょっとやそっとで酔うことはないんで大丈夫ですよ」

「いや、でも」

「絶対についていきます」

「……本気か？」

　冗談で云っているわけではないようだ。

「別に顧客を奪おうなんて考えてませんから、安心してください」

「専門が違うし、そんな心配はしてないけど……」

「約束ですからね」

今日の榊は頑なだ。一歩も引く気配がない。

「わ、わかった……」

意外な強引さを見せられ、久也は面食らいながら頷いた。

10

「本当についてくるのか？」

「誘ってきたのは先輩じゃないですか」

「あれは——まあ、いいか」

　榊と過ごすのが気まずくて顧客との約束を理由に榊と部屋から距離を置こうとしたのだが、本末転倒なことになってしまった。

　しかも、朝丘に確認を入れたところ、賑やかなほうが嬉しいと二つ返事で歓迎された。

（二人きりじゃないし、結果オーライではあるか）

　招待を受けている朝丘の家には電車で向かっている。普段なら社用車を使うのだが、飲まされる以上、帰りに運転することができなくなるからだ。

「発言には気をつけろよ。飲めるって云ったら手加減してもらえないからな」

「望むところです」

「ずいぶん強気だな。心強いよ。実際お前はどのくらい飲めるの？」

「まあ、人よりは強いほうだと思います。限界まで飲んだことがないので、どのくらい飲めるかわからないんですけど」

「せっかくだから、俺のぶんも飲んでよ」

「そのつもりです」

久也に同行したいという榊の目的はよくわからなかった。タダ酒が飲めるチャンスと云ってはいるが、彼は人に奢《おご》られたりするのを喜ぶようなタイプではないはずだ。

（勉強させてもらいたいって云ってたけど、あれは本気だったとか？）

社交辞令の一種だろうと聞き流していたけれど、久也に対してそんなことを云う必要はない。

営業の仕事の仕方も人それぞれだ。

久也の場合、マメに足を運んで信頼してもらうようにしている。会話を重ね、相手の希望や不安を聞き出し、満足の行く提案ができるよう努める。

聞いたところによれば、榊はその優秀さとできる男のオーラで顧客の心を摑んでしまうらしい。だけど、これから先もそれだけでやっていけるかは未知数だ。榊自身、今後の仕事の方向性を模索しているのかもしれない。

大通りから少し裏手に入ったところに、招待された朝丘の広大な邸宅がある。最寄り駅から乗ったタクシーを降り、久也と榊は門扉のインターホンを鳴らした。

「白鹿建設の天海です」

「おー待ってたぞ！」

待ち侘《わ》びていた様子で朝丘が出迎えてくれた。

「今日はご招待ありがとうございます。これ、お土産です。好きだと仰られていたので。よかったら召し上がってください」

「わざわざ悪いな。お、塩辛《しおから》か！　ここのやつが特に好きなんだよ」

顧客との会話を覚えておくのは営業の基本だ。デパートで物産展をやっていることに気づき、行きがけに足を伸ばしたのだ。

「彼が後輩の榊くんか？　ずいぶんいい男じゃないか」

「我が社の出世頭なんです。今日は色々とお話を聞かせてやってください」

「初めまして、榊と申します。我が侭を云って押しかけてしまってすみません」

久也が紹介すると、榊も如才なく自己紹介をする。

「いやいや、一人でも多いほうが嬉しいよ。さあ、上がって上がって」

奥から朝丘の妻・靖子《やすこ》が顔を出す。

「いらっしゃい、天海さん。本当にうちの人がごめんなさいね」

「いえ、奥さんの手料理が食べられるのなら、どんな予定が入ってても駆けつけますよ。今日もすごいご馳走ですね」

和室の食卓にはすでに所狭しと皿が並んでいた。

だし巻き卵、天ぷら各種に唐揚げ、刺身の盛り合わせに手鞠《てまり》寿司。サトイモの煮物にロールキャベツも一緒に並んでいるところが家庭料理らしい。

「天海さん、天ぷら好きだって云ってたでしょう？　たくさん揚げたからいっぱい食べていってね」

「ありがたくご相伴に与ります」

朝丘夫妻はこうして毎回歓迎してくれる。大家族で暮らしていた久也は、時々、一人の生活が淋しくなることがあった。そういうとき、彼らの温かさが癒《い》やしてくれた。

「まずはビールでいいか？」

「ええ、もちろんです。あ、俺がやります」

榊は朝丘の手からビールの瓶をやんわりと奪い、それぞれのグラスに注ぐ。久也のグラスに注いだ量が少ないのはわざとだろう。

「新しい出会いに乾杯！」

朝丘の音頭《おんど》に合わせてグラスを合わせる。榊はまずその一杯目を一息に飲み干した。

「いい飲みっぷりだな！　まだまだたくさんあるから、遠慮なんてするなよ」

「それじゃあ、お言葉に甘えて」

榊は空のグラスを差し出す。そうして注がれた二杯目もすぐに空にしてしまった。勧められるがままにくいくいと日本酒を飲んでいく榊に、朝丘は上機嫌だ。

「榊くんは天海くんと同じ部署なのかい？」

「いえ、部署は違うんですが、いま社宅でルームシェアをしてるんです」

「へえ、ルームシェアか。いいねえ、楽しそうだ」

「そ、そうですね」

まさか幽霊の出る事故物件に住んでいるだなんて云うわけにもいかず、久也は苦笑いでごまかした。

「一緒に暮らしていると、普段はしないような話もできて勉強になります。朝丘さんの話も色々と聞かせてもらいました」

「どんな話をしてるのやら。うるさい親父《おやじ》だって云ってなかったか？」

「いえ、そんな。尊敬できる憧れの人だそうですよ」

「ちょ、榊！」

「ほう、そうだったのか。照れなくてもいいだろう」

本人に伝えるつもりなどなかったが、朝丘は嬉しそうだ。榊のそつのなさには感心するしかない。

「靖子！　あれどこやったかな。この間もらった山形《やまがた》の……ほら、何て云ったか……」

「あれはお正月に飲むってあなたがしまい込んだんじゃない」

「せっかく飲める客が来てるんだ。飲まなきゃ勿体ないだろう」

妻に一升瓶を持ってこさせた朝丘は豪快に封を切る。お猪口《ちょこ》に注がれた酒に口をつけた久也は、芳《ほう》醇《じゅん》な香りと深みのある味わいに目を瞠った。

「美味しい……！」

「本当だ。さすが幻の酒と云われるだけはありますね。あ、でも、先輩はそのくらいにしておいたほうがいいですよ」

「う、それもそうだな……」

まだまだ酒は出てくるはずだ。いまから調子に乗っていると、あとが怖い。飲みたい気持ちはあったけれど、久也は忠告に従って自重しておくことにした。

「今日は天海くんはあまり飲んでいないようだけど、体調でも悪いのかい？」

「いえ、その……」

いまさら実は酒に弱い体質なのだとは云いにくい。口籠っていると、榊がとある提案を口にした。

「朝丘さん、俺と飲み比べの勝負をしませんか？」

「は？　榊、お前何云ってるんだ？」

「いいぞ、何を賭ける？」

唐突な話題にぎょっとするが、朝丘は面白がっているようだった。

「俺が勝ったら、先輩にはもう酒を勧めないと約束して欲しいんです」

「!?　お、おい、榊……」

榊の発言に久也は慌てた。

「……俺が無理やり飲ませてるって云うのか？」

「いえ、先輩がなかなか自重してくれないので、朝丘さんに協力して欲しいんです。本当は酒に弱いくせにいつも大見得切って飲みすぎるので心配で」

朝丘は驚いた様子で久也に目を向ける。

「そうだったのか、天海くん。云ってくれたらよかったのに」

「いえ、その、お酒は大好きなので、つい……」

「なるほどなるほど。天海くん、いい後輩を持ったなあ」

久也の云い訳に、朝丘は大声で笑い出した。鼻白んでしまったかと冷や冷やしたが、意外にも朝丘に気分を害した様子はない。

（……榊、もしかして、これが目的だったのか？）

強引に久也についてきたのは、限度を超えて飲もうとする久也を止めるため。

ただやめさせるわけではなく、代わりに自分が飲むことで丸く収めようと——。

「よしわかった！　そこまで云うなら約束してやろう！　君が勝ったら天海くんには今後うちでは一滴も飲ませない」

「えっ、そんな……！」

酒には弱いけれど、飲むのは好きなのだ。決して断酒をしたいわけではない。思わず非難めいた声を上げた久也に朝丘は笑い声を立てた。

「天海くん、その意志の弱さを心配されてるんじゃないのか？」

「う、そのとおりです……」

「まあ、俺も負けるつもりはないからな。一切、手加減はしないぞ」

勝負を挑まれた朝丘は、楽しそうに目を輝かせている。

「望むところです」

「二人とも飲むのはいいですけど、ほどほどにしてくださいね」

靖子ののんびりとした一言で、戦いの火蓋は切って落とされた。

勝敗はなかなか決まらなかった。榊は朝丘の武勇伝に興味深く耳を傾けながら、まだ顔色一つ変えずに飲み続けている。

その様子を尻目に、久也は空いた皿やグラスを靖子と共に片づけていた。

「お客様に手伝わせちゃってごめんなさいね」

「第二の実家だと思ってって云ったの靖子さんじゃないですか。実家で食事を終えたあとに何もしないで座ってたらはっ倒されますよ」

「ふふふ、天海くんのご家族は賑やかなのねえ」

「ええ、もう朝から晩までうるさくて。だから、一人暮らしは静かすぎて」

「よかったわね、いいルームメイトができて。二人一緒なら淋しくないでしょう？」

「そう……ですね」

苦手意識を持っていた榊と暮らすことに最初は懸念を抱いていたのに、いまでは想像以上の快適さを享受している。

（不慮の事故みたいなこともあったけど……）

普通のルームメイトとはしないようなことまでしてしまったが、あれは緊急事態によるものだ。やむを得なかったのだ。

「榊さんは天海さんのことが本当に好きなのね。今日だって彼、天海さんを心配してついてきてくれたんでしょう？」

「えっ、いや、そんなことはないと思いますけど……好きとかじゃなくて、俺がダメすぎて目が離せないだけなのかも。危なっかしい先輩だと思われてるんだと思います」

情けないところを榊にはたくさん見せてしまっている。そのせいで放っておけないと思われているのかもしれない。

「でも、放っておけないって思うのは、好意を抱いてるからじゃない？　嫌いな相手には親身にならないでしょう？」

「――――」

確かに嫌われてはいない気がする。久也の好物を作ってくれるし、霊に迫られたら助けてくれる。満員電車では毎日庇ってくれてもいる。

（……そういえば、何であいつは俺にあんなに優しいんだ？）

プライベートでは気を遣いたくないと嘯《うそぶ》きながら、久也にはあれこれと尽くしてくれているのだ。ルームメイトだからというだけで説明がつくのだろうか。

答えの出ぬまま和室に戻ると、朝丘は大きないびきを掻いて眠っていた。その横では榊が涼しい顔でまだ飲み続けている。

「あらあら、寝ちゃったのね」

「すみません、潰してしまいました」

勝負は榊の圧勝だったようだ。あれだけ飲んだにも拘わらず、顔色一つ変わっていない。しかし、顔色が変わらずに酔うタイプもいる。

「お前のほうは大丈夫なのか？」

「ええ、まあ。肝臓《かんぞう》は強いほうなんです」

けろりとしている。ザルというより枠レベルだ。

「天海さんも榊さんもうちの人につき合ってくれてありがとう」

「こちらこそ、美味しいお酒をたくさん飲ませていただいてありがとうございました」

「いいの、いいの。家にあってもあの人が一人で飲むだけだから。でも、次からは榊さんにも無理強いしないようにキツく云っておくわね」

ホストが眠ってしまったことで宴《うたげ》はお開きとなり、二人はタクシーで帰途についた。

「本当によく飲んでたな。お前、体は何ともないの？」

どれだけ飲んでも涼しい顔をしている榊はカッコよかった。お陰で久也はいつものように駅のトイレで吐くこともなく、ほろ酔い程度で帰ることができている。

「ご心配ありがとうございます。でも俺全く酔わない体質なので、ジュースを飲んでるようなものなんですよね」

「……今日はありがとな。俺のために来てくれたんだろ？」

絶対に呼んでくれと強引だったのは、久也のためにあの勝負を持ちかけるつもりだったからだろう。

朝丘の相手を榊が引き受けてくれたので、飲みすぎることもなくご馳走はたらふく食べることができた。

「まあ、ちょっとは役に立つだろうとは思ってましたけど、先輩に便乗してタダ酒が飲みたかっただけです。お陰で幻のお酒も飲ませてもらえましたしね。朝丘さんも話せばわかってくれる人じゃないですか。先輩はもっと自己主張したほうがいいです」

榊の苦言が耳に痛い。彼の云っていることは尤もだし、そう行動できたらと思う。

「それができたら、苦労はしてない」

「俺には好き放題云ってるじゃないですか」

「そりゃ、お前は後輩だもん……」

「自分の意見を云うのに、上も下もありませんよ。自分を犠牲にして苦しくなるなんて本末転倒もいいところです。自分の人生なんですから」

普通なら先輩に苦言を呈するなんて面倒くさいことはしないだろう。特に榊のようなタイプは、本来他人にお節介を焼かないはずだ。

「……なあ、榊はどうして俺にそんなによくしてくれるの？」

もはや気のせいではなく、榊は久也にものすごく優しい。初対面のときの感じの悪さが嘘のようだ。たかが会社の先輩に普通ここまでしてくれるだろうか。

「——恩返し、です」

「え？」

ぼそりと呟かれた言葉の意味がわからず、訊き返してしまう。

「何でもありません」

「いま、確か恩返しって……」

「聞き間違いじゃないですか？　天海さんは先輩だし、ルームメイトとして協力できることをしてるだけです。結果的に先輩の役に立てたならよかったですけど」

あまり追及されたくないらしく、早口で否定される。謎は残るが、それ以上訊くことはいまはしないでおくことにした。

「とりあえず、今日は本当に助かったよ。……俺、ルームメイトがお前でよかったって思ってる」

「……本当ですか？」

「嘘でもお世辞でもないよ」

「……っ」

榊はほんの一瞬泣きそうな顔になった。だけど、その表情は幻のように消え去った。

車外からの光の加減のせいだったのだろうか。タクシーが駅につき、先に降りた榊が振り返ったときにはいつもと同じ無表情になっていた。

11

『今日は何が食べたいですか？』

終業時間直前、外回りから直帰するらしい榊から会社のアドレスにメールがきた。何でもいいと答えるのがよくないということを、久也は母親から重々教え込まれている。

『ラザニアが食べたい』

そう打ち返すと、了解ですとだけ返ってくる。昼に通りすぎたイタリア料理店のランチメニューで見かけて、頭から離れなかったのだ。

自宅で作るには手間がかかるメニューに思えるが、榊はどんなに無茶ぶりをしても応えてくれるからすごい。

夕飯のことを考えるだけで、空腹がさらに増す。久也は急いで書類仕事を片づけ、席を立った。

「お先に失礼しまーす」

早足で廊下に出て閉まりかけていたエレベーターに乗り込む。幽霊が居座っている部屋に一刻も早く帰りたいと思うようになったのは、偏《ひとえ》に榊の作る美味しいご飯のお陰だ。

「おいおい、天海。どこに行くんだよ」

社屋を出ようとした瞬間、あらぬ方向から声をかけられた。

「梅原？　何してるんだ、こんなところで」

残業を厭《いと》う梅原がこんな時間まで会社にいるのは珍しい。本来は退勤時間直後に席を立つタイプだ。

「何って、お前を待ってたんだよ。今日お前んちに行くって云ってただろ？」

「はあ？　あれは断っただろ！　送ったメール見なかったのか？」

絶対に目を通すように社内メールで家には招待できないと送っておいた。口だけでは云った云わないになるからだ。

「すまんすまん、見落としてたわ。他の人にも声かけちゃったから、ドタキャンは無理だからな」

「ドタキャンって、そもそも俺は――ちょっと待て。他の人ってどういうことだ？」

聞き捨てならない文言を問い詰めようとしたそのとき、横から女性の声が割り込んでくる。

「急に混ぜてもらってすみません！　私たちまで誘っていただいてありがとうございます」

「へ？　ええと……？」

「あ、私は受付の竹村《たけむら》です」

「中森《なかもり》です。今日はお世話になります」

黒髪でショートボブの女性とロングヘアの女性がぺこりと頭を下げてきた。確か二人は会社の受付で毎日見る女性たちだ。

そういえば、受付の子のどちらかを狙っていると梅原が云っていた気がする。つまり、彼女たちと親しくなるために上手く利用されたということでは……。

「お前、何勝手に誘ってるんだよ！」

梅原を引っ張っていき、こそこそと小声で文句を云う。

「あの子たちも例の部屋を見てみたいって云うからさ！　頼むよ、な？　このとおり！」

梅原の魂胆《こんたん》を悟って久也が睨《ね》めつけると、拝むようにして頼み込まれる。

「お前が声をかけなきゃ、見たいなんて云い出すはずないだろ……」

家まで押しかけてきて、一通り見たから帰るというふうになるとは思えない。久也としては断るつもりだったけれど、竹村と中森の期待に満ちた顔を見ていたら決意が揺らいできた。

「お話終わりましたか？」

異変を察したらしい二人がこちらへ歩み寄ってくる。

「あの、もしかして私たちがお邪魔するのご迷惑でしたか？」

申し訳なさそうにそう云われると、断り辛い。梅原だけならシャットアウトすればいい話だが、事情も知らずに誘われた彼女たちに罪はない。

「同居人がいるから、あんまり遅くまでは無理だけど……」

「よっしゃ、そうこなくっちゃ！　帰りがけに酒とツマミを買って行こうぜ」

ぱっと顔を明るくした梅原は、したり顔で久也の背中をバシバシと叩いてくる。早速後悔したけれど、他に選択肢はなかった。

帰る前に榊に連絡しなければと思ったが、久也はふと気がついた。榊の個人的な連絡先を知らない。これまでのやり取りは社内メールですんでいたからだ。

（携帯番号くらい聞いておくんだった……）

事前に連絡ができないということは、つまり前置きもなくいきなり客を連れて帰ることになるというわけだ。

プライベートに他人が立ち入ることが何より嫌だと云っていた榊の反応を想像すると胃が痛くなる。

これから向かう部屋の様子を楽しげに想像して盛り上がる三人を連れ、久也は重い足取りで帰宅の途についたのだった。


「うおー、さすがタワマン。エントランスからして豪華だな」

おかえりなさいませ、と出迎えるコンシェルジュにも、客たちは各々テンションを上げている。久也も初めて来たときは同じように興奮したものだが、いまは生活にはむしろ不便だと感じている。

世間話をしながら部屋のある階まで上がり、玄関の前まで来たところで、久也は梅原たちに待ったをかけた。

「ちょっとここで待ってて！　片づけものしてくるから！」

まずは榊に云い訳をしなければならない。

「た、ただいまー…」

「おかえりなさい」

後ろめたさを感じながら玄関を開けると、赤いエプロン姿の榊がいた。

「夕飯もうすぐできますよ。それと、あとで大事な話があるんです。同僚から教えてもらったんですけど――」

「ごめん！」

　話をしようとする榊を遮《さえぎ》って、久也は先に謝った。

「何がですか？」

「あのさ、本当は帰ってくる前に云いたかったんだけど、お前の連絡先がわからなかったから云えなくて……その、実は客が来てるんだ」

「え？」

「本当にごめん！　断ったつもりだったんだけど、押し切られちゃって……中見せたらすぐに帰すから、ちょっとだけ部屋に上げてもいいかな……？」

　榊の機嫌が悪くなることを覚悟して、久也は身構える。

「そういえば、番号交換してませんでしたね。……仕方ないですよ。強く断っても変に怪しまれかねないですしね」

　意外にも榊の反応はフラットだった。

「榊、マジでごめん。これからはこんなことのないよう、強い意志を持ってちゃんと断るから」

　彼の鷹揚《おうよう》さがありがたすぎる。

「気にしないでください。そういう人の好《い》いところ先輩らしいですもんね。夕飯のメニュー変更するので少し待っててもらってください」

「あ、いいよ、そんなの。買ってきたツマミもあるみたいだし、てきとうにすませるから」

そこまで榊の手を煩わせるつもりはない。ちょこっとリビングを見学させて、土産のワインが空いたら帰ってもらうつもりだ。

「そんなわけにはいきません。先輩にてきとうな食事をさせる気はありませんから」

「へ？」

「先輩は目につきそうなもの片づけてください。盛り塩なんて見つかったら、余計面白がられるでしょうから」

それもそうだと、榊のアドバイスに従って要所要所に置いた盛り塩を片づける。

「あれ？」

そのとき、それぞれの部屋の前の盛り塩が風に吹かれたように崩れかけていることに久也は気がついた。今朝、霧吹きもかけて、しっかり固めたはずなのに。

「おかしいな」

首を傾げながら手で形を整え直す。部屋の内側のドアの左右に置き直し、ドアには鍵をかけた。これで勝手にあちこち覗かれても大丈夫だ。

念のため、家中に置いてある除霊用の除菌スプレーも収納に収めてから、久也は梅原たちを出迎えに行った。

「待たせてごめん。その、片づけに手間取っちゃって」

「一人暮らしの引っ越しでそんなに荷物あるか？　お、やっぱりめちゃくちゃ豪華だな」

玄関ドアを大きく開け放ち、三人を招き入れると、上がり框《かまち》で榊が笑顔で出迎えた。

「こんばんは。天海先輩の同期の方ですよね？」

「ああ、梅原だ。今日は急に邪魔して悪かったな」

「いえ、お構いもできませんが、ゆっくりしていってください」

心にもないことを平然と口にできる榊に感心する。本当に営業の鑑《かがみ》だ。

「ええと、お二人は確か受付の――」

「中森美保子《みほこ》です！　こっちの子が竹村梨佳《りか》っていいます」

「すみません、急にお邪魔しちゃって……」

「お部屋にもすごく興味があったので、お伺いできて嬉しいです」

さっき久也に自己紹介したときより若干声が高く、榊を見上げる眼差しも熱っぽい。

（なるほど、彼女たちは榊狙いか……）

それぞれの思惑が噛み合っていないことが悲しい。榊はそつのない笑顔で歓迎の言葉を口にする。

「とりあえず上がってください。あ、僕は――」

「榊さんのことはもちろんよく知ってます」

「榊さんを知らない女子はいないと思います」

「え、そうなんですか？　何か恥ずかしいな」

このはにかむ様子が演技だとは、彼女たちには見抜けないに違いない。

「榊さんってお料理されるんですね。そのエプロン、すっごく似合ってます」

女性二人は私服に赤いエプロン姿の榊に色めき立っている。確かによく似合っているし、一見料理

をしそうにない榊がエプロンをしているギャップもあって魅力は倍増しているだろう。

「ありがとうございます。これ、天海先輩が選んでくれたんです」

「選んだって、それしかお前に合うサイズがなかっただけだろ」

買い出しのときに榊の体に合うＬＬサイズを探したけれど、そもそも選べるだけの種類がなかったのだ。

「一緒にお買い物に行ったりするんですか？　仲がいいんですね」

「いや、別にそういうわけじゃ……」

ただのルームメイトで、敢えてつけ加えるとしたら共闘相手といったところだろうか。以前よりは親しくはなったけれど、仲がいいかと云われるとそこまではないはずだ。

「僕は仲よくなりたいと思ってるんですけど」

「榊さんの片想いなんですか？　頑張ってください」

「応援ありがとうございます」

軽口を交わし合う様子は見事だが、久也としては自分が冗談のネタに使われるのはあまり面白くなかった。

「なあ、あっちも見てみていいか？」

玄関で立ち話をしていると、待ちきれないといった様子の梅原がそわそわしている。

「そっちは個人の部屋だからダメ」

廊下を進もうとする梅原をガードし、リビングダイニングのほうへと誘導する。

「そういえば、遺体が発見されたのってリビングだっけ？　その現場って見られる？」

「そうらしいけど、痕跡《こんせき》なんて何もないぞ」

「わかってるって、そんなこと。気配とか感じられるかもしれないじゃん。……あれ？　思ったよりも普通だな」

　リビングダイニングのドアを開けた梅原は、拍子抜けしたような声を出した。

「だから、何もないって云っただろ」

「ていうか、モデルルームみたいな部屋だよな。このテーブルどうしたんだよ。外国製のものすごく高いやつじゃん。もしかして、前の住人が置いてったやつか？」

「いや、それは榊が持ってきてくれたんだ。実家にあったんだって」

「おい、あっちのソファもフルセットでいくらすると思ってんだよ。すげーな、さすが坊ちゃん」

「母が買ったので値段はわかりません。家具は使わないでしまっておくほうが勿体ないですし」

「発言もさすがだな。うわ、座り心地も最高。帰ってきたら、ここでのんびり酒飲みながらテレビ見るの至福じゃね？」

「ま、まあな」

　いまのところそこで寛《くつろ》いだことは一度もないので、久也は曖昧に返事をしておいた。パーテーションを隔てた向こうに〝彼〟がいるかと思うと落ち着かないからだ。

　ダイニングテーブルでも対角線の一番遠い席に座るようにしている。

　そのとき、不意にパーテーションが風に吹かれたように揺れた。窓も開けていないのに不自然に。

心なしか空気が冷たい気もする。

「この部屋、ちょっと寒くないか？」

「すみません、暖房強くしますね。料理してると熱くなるので、設定低めにしてました」

いま、何かが起こるのはまずい。騒ぎになることだけは避けなければならない。

(頼むから大人しくしててくれ)

心の中で強く祈っていたら、中森に不思議そうに聞かれた。

「あの、どうしてこの部屋パーテーションで仕切ってあるんですか？」

「あ、えっと、それは——」

揺れたことでパーテーションが目に留まったのだろう。天井にあるレールに沿って吊り下げるタイプのため、よくよく見なければ壁と違いはないのだが。

「あ、本当だ。そうだよな、ここの間取りならもっとリビングが広いはずだもんな」

梅原まで余計なことを云い出した。向こうに幽霊が立っているからだと云うわけにはいかない。何と云い訳しようかと思案していたら、榊が口を開いた。

「二人暮らしには広すぎるので、思い切って半分閉めておくことにしたんです。もちろん、人が亡くなられた場所だと意識しながら生活するのが落ち着かないというのもありますが」

榊の説明は嘘ではない。

「つまり、向こう側で発見されたってことだよな。なあ、見てもいいか？」

「いいけど、本当に何もないからな」

パーテーションをずらし、何も起こりませんようにと祈りながら照明をつける。三人は興味津々で覗き込んだ。

「普通に綺麗な部屋だな」

「だから、期待しすぎなんだって。もういいだろ？」

早々に明かりを消して、再び閉めてしまう。迂闊に歩き回られて〝彼〟を刺激されても困る。

「確かに二人だと広すぎて淋しくなっちゃいそうですね。パーティとか開くといいんじゃないですか？　たくさん人が呼べるのは羨ましいな」

実際、生前の〝彼〟はパーティ三昧だったようだ。ＳＮＳに載せられたこの部屋での写真は、各業界の有名人ばかりが写っていた。

「パーティを開けたら楽しいでしょうね。でも、この部屋は会社からの預かり物なので、あまり勝手なことはできないんです」

「でも、綺麗に使えば大丈夫じゃないですか？」

「だよな。こんなに広いのに勿体ない。そうだ、今度俺が手配してやろうか？」

「お気持ちはありがたいですが、万が一ということもありますから控えておきます」

梅原たちの言葉を榊はきっぱりと遮《さえぎ》った。その後、落胆した表情の彼らに柔らかく微笑みかける。

「なので、今日の集まりは特別ですね」

「……！」

特別という言葉に女性二人が浮き立つのがわかった。臍《へそ》を曲げかけていた梅原も悪い気はしていないらしい。

（すごいな、榊の営業モード……）

隣の井上のところに挨拶に行ったときも感心したけれど、いまも全開なようだ。その余波を受け、久也までそわそわした気持ちになる。

「あ、ああ、そうだ、これ。みんなで食べよう」

我に返った梅原が手に提げていたワインや惣菜を榊に渡す。

「ありがとうございます。いま皿に移してきますね。もうすぐ食事ができるので、座って待っててください」

「あ、俺も手伝うよ」

キッチンに向かった榊を追いかけ、久也は声を顰めて再び謝った。

「榊、色々気を遣わせて悪いな」

「女子社員相手に下手な態度を取ったら、明日にはどんな噂が社内に巡ってるかわかりませんから。これも仕事の一環です」

確かに女子社員の間の噂の回り方は怖いくらいに早い。危機管理としての愛想のよさが頼もしい。

皿を並べると、ダイニングテーブルの上はあっという間にパーティのような光景になった。

梅原たちが買ってきた惣菜は綺麗に盛りつけられ、大きなボールには新鮮野菜のサラダ、湯気を立てているのはオニオンスープだろうか。テーブルの中央には焼きたてのラザニアが置かれた。

「熱いから気をつけてください」

「わ、すごい！　榊さんの手作りですか？　美味しそう！」

榊は久也のリクエストどおり、ラザニアを作ってくれていたようだ。きつね色の焼き目は見るからに食欲をそそる。

「オーブン料理は入れて待つだけでいいので、意外と簡単なんですよ」

入れたあとは簡単かもしれないが、下準備に手間がかかっていることを久也は知っている。料理は趣味だからと云っているけれど、榊の気遣いには毎回感謝しかない。

「すげーな、天海。毎日こんな美味い飯作ってもらってんのか？」

「うん。俺、料理はからきしだし」

「マジ羨ましい。何日か俺と部屋交換しない？」

「嫌だね。俺は人の作ってくれる飯を食うために社員寮を申請したんだからな」

「ルームメイトが榊じゃなかったらどうしてたんだよ」

「う、それはそれなりにどうにかするよ……」

最初は榊とルームシェアだなんて冗談じゃないと思っていたけれど、いまや榊以外との生活は考えられないとまで、密かに思ってしまっている。

「皆さん、冷めない内にどうぞ。口に合うといいんですけど」

取り分けてもらった熱々のラザニアは、本格的なイタリア料理店で提供されるものと遜色《そんしょく》がないのではと思うくらいに美味しかった。

「榊、これ美味い――」

「美味しい！　こんなに美味しいラザニア、初めて食べました。お店で出せるんじゃないですか？」

　言葉を遮るように、竹村が声を弾ませた。まるでいないもののように扱われ、久也は少し悲しい気持ちになる。

「これ、ソースとかも手作りなんですか？　お肉は豚肉使ってます？」

「ソースは作り置きしておくと色んなものに使えて便利ですよ。俺は合い挽き肉で作ってます」

「よかったらレシピ教えてもらえませんか？」

「あとでメモしておきますね」

「メールのほうが楽じゃないですか？　あとでアドレス教えますね！」

　目当ては榊でも、連れてきたのは久也だ。好きな相手を前に舞い上がっているのだとしても、少しはホストを尊重して欲しい。梅原も会話に入れず、退屈そうな顔をしている。

「榊さんはどうしてうちの会社に入ったんですか？」

「建築物に興味があったので。将来的には都市開発に関わりたいんです」

「へえ、さすがに夢がデカいねえ」

　梅原は自分の持ち込んだワインをぐいぐいと飲みながら、つまらなそうに相槌《あいづち》を打つ。大きな夢ではあるけれど、榊にとっては手の届かないことではない。

「榊の成績ならその内、声がかかるんじゃないか？」

　白鹿建設において、大規模な都市開発は社内の花形事業だ。毎年、五、六年経験を積んだ中堅が抜擢されるドラフトのようなシステムになっている。

「今年はダメだったので、来年こそは頑張ります」

「今年チームに入る気だったのか？　すごい自信だな」

「自信なんてありません。尊敬する人に見合う人間になりたいだけです」

これだけ優秀な榊が尊敬する人というのは、どれだけの人物なのだろう。

「目標高くて偉いな。俺なんて、目の前の仕事をこなすだけで精一杯だよ」

「先輩はそのままでいいです」

「成長しなくていいってことかよ」

榊の物云いにカチンと来る。努力は無駄だと云われているようで面白くなかった。

「いえ、そういうことではなく――」

久也の反論に気まずい空気が漂う。

今日は何故か気持ちがささくれやすくなっている。モヤモヤとしたものが胸のあたりに漂っているような感覚があり、久也はいつの間にかキツい言葉を抑えられなくなっていた。

「あ、あの！　榊さんは彼女いるんですか？」

中森の質問が重たい雰囲気を断ち切った。

「え？　彼女ですか？　いまはいません」

「なら、フリーってことですね！　私、恋人に立候補しちゃおうかな」

「ずるい！　私も立候補させてください！」

「マジで？　じゃあ、俺も立候補しとこうかな～」

梅原の冗談で、場の空気がぱっと明るくなる。そういうところは、さすがにムードメーカーの面目《めんもく》躍如《やくじょ》と云ったところだ。

「すみません。好きな人がいるので皆さんの気持ちには応えられそうにありません」

「えっ、好きな子いるの!?」

榊の返答に誰よりも驚いたのは久也だった。

「何でお前が驚いてるんだよ」

大きな声を出してしまったため、梅原からツッコミが入る。

「あ、いや、だって、この間そんな話してなかったから……」

初耳ではあるけれど、確かにそんなに驚くようなことでもないはずだ。一体、自分は何故こんなにも動揺しているのだろう。

「え、でも、恋人はいないのに好きな人がいるってことは、片想いなんですか？」

「ええ……まあ」

「嘘！　榊さんが片想いなんて信じられない！　告白はしたんですか？」

「それがまだなんです。色々と難しくて」

榊は苦笑交じりに答えた。

（片想い――）

告白すらできないほど大事な相手。それだけで本気度が伝わってくる。

榊が誰を好きだろうが、その恋が成就しようがしまいが、久也には関係のないことだ。なのに、いてもたってもいられないような落ち着かない気分になる。

「そっかあ。榊さんの気持ち、わかります。片想いって辛いですよね。私でよければ恋バナ相談に乗りますよ」

「女心ならアドバイスできますから！」

好きな人がいると聞いてもめげない彼女たちのガッツには感心する。叶わぬ恋の相手よりも、身近で親身になってくれる人に気持ちが傾いていくこともあるだろう。

（俺には無理だ）

希望があったとしても、想い人と比較される瞬間が必ずある。比べられ、落胆されることもあるかもしれないと思うと、怖くて足を踏み出せない。

「で、どんな子なんだ？」

梅原が好奇心丸出しで追及する。

「そうですね……苦手な相手でも困っていると見過ごせない、すごく優しい人です」

榊の好みは優しい子。きっと小さくて大人しくて、ふわふわとした可愛らしい女性なのだろう。

「へえ、何か天海っぽい子だな」

「は？」

梅原の言葉に耳を疑う。いまの説明でどうして自分と繋がるのか。

「へえ、天海さんてそういう人なんですか？」

「押しに弱くてお人好しで貧乏くじ引くタイプだな。そうじゃなかったら、事故物件なんて押しつけられないだろ」

「おい、梅原！　お前俺に喧嘩売ってるのか？」

「褒めてるんだって。お前のお陰で、これまでどれだけ助かったことか」

「俺をいいように使ってるって告白か？」

　ささくれだった気持ちが言葉にも棘《とげ》を含ませる。普段なら口にしないような物云いに、自分でも驚いてしまう。

（さっきから、どうしてこんなに苛つくんだ？）

　普段ならこんなことで角を立てたりしないのに。黒い感情が抑えられない。

「先輩は優しいから、周りはつい甘えちゃうんですよね」

「そうそう！　誰よりも頼りにしてるよ」

　榊のフォローに梅原も乗っかってくる。場を収めるためだとわかっていても、榊が自分よりも梅原の味方をしたようで腹が立った。

（ていうか、こいつらいつまでうちにいる気だよ）

　我が物顔で飲み食いをしている三人にまで、久也は段々と苛立ちを覚えてくる。黒い靄のようなものが胸の中に広がっていく。

　苛立ちをどうにか抑えていたら、ぴきっとワイングラスにヒビが入った。

「え？」

　不可解な現象に瞠目した瞬間——破裂するようにパリンと割れた。

「きゃっ」

テーブルの上にワインの水たまりが広がる。

「何だ、いまの？」

「大丈夫ですか、先輩」

榊は腰を浮かせて久也の手元を覗き込む。

「ご、ごめん。こんないいグラスで飲んだことなかったから力入れすぎちゃって」

咄嗟《とっさ》に云い訳したけれど、久也が割ったわけではない。榊も気づいたようで、表情を強張らせる。

久也はワイングラスが割れたことが心霊現象だと怪しまれないよう慌てて片づけ始め、榊も掃除道具を持ってきた。

「先輩、直に触ると危ないですから」

「いいって、俺がやるから……痛っ」

榊の申し出を断り、素手で破片を集めようとして指を切ってしまった。

「ほら、云ったじゃないですか。指を見せてください。そんなに傷は深くないですね。破片も入ってないみたいです。これならすぐに血も止まると思います」

榊は未使用の布巾の封を切り、久也に渡してきた。

「これで強く押さえて止血しておいてください」

「でも、これ新品じゃ」

「いいから、早く」

「は、はい」

久也は申し訳なく思いながら新品の布巾で傷口を押さえた。榊の厳しい態度にドギマギしてしまう。

「あとは俺がやっておくので先輩は座っていてください。皆さん、今日はこれでお開きでいいですか？」

榊は梅原や女性陣に帰るよう促した。有無を云わせぬ口調に、皆、面食らった様子だった。

「明日早く出かける用事があるので、早めに休まないといけないんです」

明日の用事など聞いていないが、察した竹村と中森が椅子《いす》から腰を浮かす。

「あ、そ、そうですよね。急に来たのに長居しちゃってすみません」

「私たち、そろそろお暇《いとま》しますね」

「じゃあ、俺たちだけで飲みに行くか？　この近くにいい店を知ってるんだ」

梅原は不満げだったけれど、強引に引き延ばしても悪手だと考えたのだろう。

「いえ、私たち帰ります。ご馳走さまでした」

「そう？　なら、もう送ってくよ。夜道は危ないだろうからさ」

「あ、大丈夫です、タクシーを拾うので。梅原さんも今日は誘ってくれてありがとうございました」

竹村と中森はサバサバした様子で梅原の申し出を断り帰っていった。

12

梅原たちを玄関で見送り、ドアが閉まった直後、榊に呼びかけられた。

「先輩」

「ん？」

その瞬間、パン！　という破裂音に驚き、目を瞬《またた》く。榊が久也の目の前で手を叩いたのだ。

「な、何……？」

「意識がはっきりしましたか？　頭の中が霞がかったようになっていたでしょう」

「え？　ああ、すっきりした気がする。何かモヤモヤしてたかも……」

榊に指摘され、久也ははっとする。

さっきまでの自分は確かに黒い靄のような感情に支配されていた。ちょっとした不満が増幅され、必要以上の苛立ちを感じていた。

梅原たちの存在が無性に疎ましく、自分でも驚くくらい狭量になっていたのだ。自らの発言を思い返すと、信じられないくらい攻撃的だったように思う。

どうしてあんなことを云ってしまったのだろう。

「〝彼〟の感情が入り込んでいたようですね」

「え？」

「もう大丈夫ですから安心してください。あのくらいのものなら、衝撃を与えるだけで払えるので」

榊の説明に、背筋がぞくっと震える。

（つまり、さっきの俺の苛立ちは霊の影響を受けていたせいだってこと？）

久也はいまさらながらに恐怖を感じ、自分の両腕を擦る。

「そうなんだ……。ありがとう。でも、どうして俺に……」

「先輩の中に〝彼〟と共鳴する感情があったんだと思います。このところ〝彼〟が苛立ってきてるんですよね。その辺に原因があるんじゃないかと」

「共鳴――」

梅原たちの訪問を億劫《おっくう》に思っていたことは事実だ。

内心では早く帰って欲しいと思っていたし、榊にばかり注目が集まることにも腹立たしさを覚えていた。

「この部屋に他人が入り込むことが嫌だったからかな？　でも、そんなこと云ったら俺たちだって他人だよな」

それに有川のＳＮＳを見る限り、この部屋でよくパーティを開いていたようだ。他人に立ち入られるのが嫌だったら、大勢の人は呼ばないだろう。

「理由はよくわからないですが、どうやら〝彼〟の力が強くなってきてるようですね」

「そんなことあるの!?」

「生きてる人間の〝畏《おそ》れ〟は霊に力を与えるんです。そこにいると認め、こちら側が怖いと思えば思うほど、存在感を増していく」

「俺が怖がってるのがいけないってこと？　そうは云われても怖いもんは怖いんだよ……」

ほとんど生理的なものだ。耐えることはできても、恐怖を感じないようにすることはできない。

「早く〝彼〟の無念を晴らすしかないってことでしょうね」

「それはわかってるけど、いまのところ手詰まりだろ」

「いえ、そうでもありません。彼の遺族の住所がわかりました」

「本当!?」

そういえば、帰宅したときに榊が何か切り出そうとしていた。

「他部署の同僚が教えてくれました。そろそろ一周忌なので、それを理由に訪ねてみたらどうでしょうか」

「榊！　お前、本当にできる男だな！」

解決の糸口が見えてきたことで、久也の気持ちが少し明るくなった。

「早速明日伺ってみませんか？」

「そうだな、善は急げって云うし」

まずは一歩前進しそうだ。お陰で胸の閊《つか》えが一つ取れた。

「先輩、あんまり食べてなかったでしょう。食事を温め直しますから座って待っててください」

「自分でやるよ。お前だって、人にサーブしてばっかりだっただろ」

「料理ができない人に任せるつもりはありません。先輩のリクエストでラザニアを作ったんですから、残さず食べてくださいね」

「お前の作ったものを残したことなんてないだろ」

榊はラザニアを綺麗によそい、トースターで焼き直してくれた。

久也は熱々のラザニアを火傷《やけど》しないよう頬張りながら、後片づけをする榊の背中を見つめる。

(さっきの苛立ちは何だったんだろう？)

自分が無視されているようで悲しかったのかと思ったけれど、思い返すと少し違う気がする。営業をしていれば自分が選ばれないという場面も少なくないため、蔑《ないがし》ろにされることには慣れている。

あのくらいでショックを受けるようなメンタルはしていないのだが、〝彼〟の影響で悲観的になっていたのだろうか。

「どうしました？　俺の背中に何かついてます？」

久也の視線を感じたのか、榊が振り返って訊いてくる。

「あ、いや、何でもない。このラザニアめちゃくちゃ美味しいなって思って」

「本当ですか？　よかった、先輩の口に合って」

榊は嬉しそうにはにかんだ。

「……っ」

演技に見えないその表情に、息を呑む。

(いま俺、ドキッてした？)

竹村たちの秋波に当てられ、妙な気分になっているのだろうか。

気まずさをごまかすために、久也は目の前のラザニアに集中した。


「疲れたから、今日はもう休むな」

二人で片づけを終えたあと、久也は榊にそう声をかけた。

「そうですね、俺ももう寝ます。おやすみなさい」

警戒しながらリビングをあとにする。盛り塩を蹴飛ばさないように、足下には十分注意を払わないといけない。

「あれ？　また俺、足を引っかけちゃったかな」

ところが、部屋に戻るとドアの横の盛り塩が大きく崩れていた。焦った久也は手早く山を整え、小皿の位置を戻す。

「右よし、左よし」

指さし確認をして部屋に入ると、やはり安心する。この間部屋に入り込まれたのは盛り塩を崩してしまったからなのだと久也は信じていた。

さっさとシャワーを浴びてベッドに入ってしまおう。ほとんどワインには口をつけていないけれど、気疲れですぐに眠りにつけそうだ。

脱衣所で手早く服を脱ぎ、バスルームでシャワーを浴び始めた直後、急に激しい耳鳴りに襲われた。

「……っ」

咄嗟に耳を押さえる。

（何だこれ）

やがてキィンという音は引いていったが、今度は酷い目眩《めまい》でぐらぐらとする。それと同時に、その場の空気が冷えていく。

（そんな、まさか——）

不穏な気配に体を硬くすると、バスルームのドアの向こうに気配を感じた。

熱いシャワーを浴びているのに、足下から冷気が這い上がってくる。

ちゃんと盛り塩は整えておいたのに、どうやって部屋の中に入ってきたのだろう。

久也はカタカタと震えながらインターホンを押し、榊に助けを求めた。緊急時のために、バスルームとキッチンで通信できるようになっている。

「さ、榊！」

『どうしたんですか、先輩』

「だ、脱衣所にいる……」

『——わかりました、すぐ行きます』

まだキッチンにいてくれて助かった。

脱衣所に榊が現れたことがわかると室温が元に戻り、やがて身震いするような寒さが収まった。

「先輩、大丈夫ですか？」

「大丈夫なわけないだろ！　塩はちゃんと新しいのにしたのに、何で入ってくるんだよ」

「いま見たら、少し崩れてました」

「嘘だろ、風呂入る前に直したのに……」

「もしかしたら、〝彼〟が壊したのかも。力が強くなった影響かもしれませんね。一度接触したことで、先輩と周波数が合いやすくなったのかな」

「考察はいいから、早くどうにかしてくれ」

久也は半泣きで無茶な要求をぶつける。榊にそんな義務はないのだが、いま頼れるのは彼しかいないのだ。

「危険な感じはしませんし、無視していれば問題ないですよ。先輩もそろそろ慣れてきたのでは？」

「慣れるわけないだろ！　お前は何で怖くないんだよ……」

「むしろ、そんなに怖がる意味がわかりません。そうやって怯えていることが〝彼〟を呼び寄せている一因かもしれませんよ」

「そんなこと云われたって――」

怖いものは怖い。

「いま、御神酒を取ってきますね。一先ずここから追い払っておきましょう」

「ちょ、ちょっと待て！　一人にしないで」

一人というだけでも心許ないのに、いまは全裸だ。身を守るものが何もない。

「じゃあ、先輩も一緒に行きますか？」

「そこにいるのに出ていけって……？」

いくら脱衣所が広いとは云え、至近距離ですれ違うなんて考えただけでも気絶してしまいそうだ。

(いっそ気絶できたら楽なのに)

人間、そう簡単に都合よく意識は失えない。

「だったら、方法は一つしかないじゃないですか」

「え？」

「……この間は上手く行ったでしょう？」

「こんなところで!?」

榊の云わんとしていることがわかってしまい、ぶわっと顔が熱くなる。

「性行為を行うには比較的スタンダードな場所かと……」

「せっ、性行為とか云うな！」

赤裸々な単語に恥ずかしさが増す。

「追い払いたいんでしょう？　色んな方法があるとは思いますが、いま俺たちが知っている実効性の高い方法の一つではあります」

「それはそうだけど……」

「先輩が嫌ならいいんですよ。御神酒を取りに行ってきますから、待っててください」

「ま、待って！」

幽霊が怖くない人間からしたら大したことではないのかもしれないが、久也にとってはこんな状態で一人にされるほうが耐え難い。

「わかった、やるよ、やればいいんだろ」

「いいんですか？」

「もうお前とはこないだあんなことしちゃったし、一回も二回も同じだ」

そう自分に云い聞かせる。

「……わかりました。いいんですね？」

榊に念を押され、久也は小さく頷く。

半透明のパネル越しに、榊が服を脱いでいるのがわかった。

「お前は脱がなくてもよくないか？」

「服が濡れるじゃないですか」

「それはそうだけど……」

息を殺して待っていたら、榊がおもむろにバスルームに入ってきた。初めて見るその裸体に、久也は思わず生唾を呑む。

筋肉が張り詰め、引き締まった肉体。胸筋は逞しく、腹筋も六つに割れていた。

そのさらに下にあるシンボルは平常時でも立派で、思わず凝視してしまったが、いくら同性でも不《ぶ》躾《しつけ》だと気づき、久也は慌てて目を逸らす。

「……お前、マジでいい体してるな」

「そうですか？」

「俺も真面目に鍛えないとな。最近お腹も弛《たる》んできてるし、ちょっと体力も落ちてきてるし」

以前はいくら食べても太ることはなかったのに、最近は年齢なりの変化を感じるようになってきた。

「榊はいつから鍛えてるの？　やっぱ運動部だったんだろ。お前の身長からするとバスケとか？」

「いえ、文化部です。体を動かすようになったのは社会人になってからです。体育は苦手でしたし、いまも運動が好きなわけではありませんから」

「意外だな。あ、わかった、チームスポーツ系が苦手？　個人プレイに走りそうなタイプだもんな」

「それもあるかもしれません」

「筋トレ始めたのは、やっぱり仕事のため？」

「それもありますけど――自分を変えたくて。以前の俺ではダメだと思ったんです。ほぼ引き籠もりだったので」

「へえ、そうだったんだ」

「でも、先輩もこの辺の引き締まり方はスポーツしてたからでしょう？」

「……っ」

太股に触れられ、息を呑む。他意のない触れ方だったけれど、久也の体は過剰《かじょう》に反応した。

「あ、すみません」

「いいよ、大丈夫。とりあえず、さっさとすませよう」

「じゃあ、触りますね」

「う、うん、……っ」

　榊は宝物のように久也のそれに触れると、そっと掬《すく》い上げ、軽く撫でる。さざ波のように押し寄せる快感に、久也は息を詰めた。

「う、く……っ」

　丁寧に高められ、すぐに息が上がってきた。バスルームは無闇に声が響く。自分の嬌声《きょうせい》など敢えて聞きたくはない。久也は必死に声を噛み殺した。

「あ、はっ……」

「声は我慢しないで」

「わかって、る……っあ、あ……っ」

　強く扱かれ、びくんっと体が反応する。ガクリと首を下げた弾みに、榊のものも兆《きざ》し始めていることに気がついた。

「……なあ、お前もそれ、しんどくないか？」

「あとでどうにかします」

「それまで我慢なんて辛いだろ」

　久也はそう云って、榊のものに手を伸ばしてみた。

「ちょっ、先輩」

　どんなときも冷静だった榊が動揺している。その反応に気をよくし、久也は思い切って手の中のものを握り込んだ。

（うわ、すごい……。他の人のってこんななのか……）

他人の男性器に触れるのは初めてだ。もっと抵抗感があるのかと思っていたけれど、榊相手だとそうでもない。形を確かめるように撫でると、それはさらに張り詰めた。

「……ッ」

「硬くなった」

「当たり前でしょう」

「そっか、そうだよな」

榊のものの大きさに怯みつつ、けれどもう、あとには引けない。お互いのものを無言で触り合っている内にどんどん変な気持ちになってくる。

顔が近いことに気づき、心臓が跳ねた。

吐息の当たる距離で、お互い黙って手を動かす。忙《せわ》しない呼吸がバスルームに響くと、余計に卑猥《ひわい》に聞こえた。

間近に榊の薄い唇があり、達《たっ》した弾みに顔を上げたら唇が一瞬だけ掠《かす》めるように触れ合った。そのまま無意識にキスしそうになって我に返る。

「ご、ごめん」

「いえ」

「――お前、キス、上手そうだよね」

「どうでしょう？　自分ではよくわかりません。……先輩が確かめてみますか？」

確認の必要がないことくらい、お互いにわかっている。だけど、久也は魔法にかけられたように頷いてしまった。

「んん――」

小さく頷くと、ぐっと榊に腰を抱き寄せられて唇を塞《ふさ》がれた。薄く開けた口の隙間から、ぬるりとしたものが入り込んでくる。

「……っ」

薄くて熱い舌が口の中で怪しく蠢《うごめ》く。擦れ合う感覚が堪らなく気持ちがよくて、思わず自分からも舌を絡めてしまう。

（キスってこんなに気持ちよかったっけ……？）

初めてのキスは大学生のとき、合コンの帰りに酔った勢いで同級生の女の子とした。

唇の柔らかさに感動したものの、こんなものかという落胆もあった。そのせいもあってか、久也はキスがあまり好きではなかった。

しかし、榊の口づけは全く違う。巧みで情熱的で自信に満ちていて、久也を問答無用に翻弄した。

「ん、ンぅ、んんん……」

絡み合う舌が蕩けていくような感覚に陶酔《とうすい》し、さらなる快感を求めて自らキスを深くしていく。

息苦しさに唇が解かれたときには、すっかり息が上がっていた。

「手が止まってますよ」

「あ、ごめん……」

「一緒にしちゃってもいいですか？」

「え……？　あっ、あ、ああ……！」

榊は大きな手で自身と久也のそれをまとめて握り、大きく擦り上げた。粘膜が触れ合う感触に、快感が電流のように走り抜ける。

バスルームに二人ぶんの吐息が響く。さっきまで寒くて堪らなかったのに、いまはどうしようもなく熱い。

「あ、あ、はっ、ヤバい、もう出る」

久也が達したのを追うようにして、榊も欲望を爆《は》ぜさせた。

お互いの腹部が二人分の白濁で汚れる。

気まずさを洗い流すかのように、久也は急いでシャワーをかけた。

「……いなくなりましたね」

「うん……」

今回もまた、知らぬ内に〝彼〟の気配は消えていた。気の抜けた久也は、榊にくたりと身を預ける。

「先輩、大丈夫ですか？」

「……あんなにキスが気持ちいいって、初めて知った」

アルコールも入っていないのに、熱に浮かされたようなことを云ってしまう。〝彼〟のことよりも、榊とのキスで頭がいっぱいだ。

そもそもセックス自体にそこまでの欲求がないほうだったから、久也は自分のことを性欲の薄い人間なんだろうと思っていた。

だけど、榊に触れられてから、この快感が忘れられない。巧みな指使いと首筋にかかる熱い吐息。そして、濃厚な口づけ。

「――そう煽《あお》るようなことを云わないでください」

「え？」

榊の呟きが聞こえた途端、頭の後ろを押さえられ、再び唇を奪われた。

さっきより荒々しく、それが余計に久也を酩酊《めいてい》させた。気持ちよさに溺れ、もっと、もっとと求めてしまう。

榊は久也の腰に手を回し、密着するように抱き寄せる。再び緩く勃ち上がったものが触れ合った。口づけもどんどん荒々しくなっていく。

「……っ、んん、ぅン」

ふと、久也は自分が無意識に腰を擦りつけるような動きをしていることに気がついた。恥ずかしさに体を引こうとしたけれど、榊がそれを許してくれない。

尻を両手で摑まれ、揉みしだかれる。食い込む指の強さと敏感な場所が触れ合う感触が堪らない。

「ンっ、ん、んー……っ」

後ろの窄まりに指先が掠めた。弾みで触れたのかと思ったけれど、榊はそのまま中に指を押し込んできた。そして、その指で入り口を解《ほぐ》すように揉んでくる。

「んんっ、ん、ん」

自分の中で異物が蠢く感触は奇妙だったけれど、段々と堪らなくなってくる。

そんな場所を弄《いじ》られるなんて即座に抵抗してもおかしくはない。なのに、久也は榊の行為に身を任せてしまっていた。

「ふは……っ」

溶け合ってしまいそうなくらい深く絡み合っていた唇が解け、榊と目が合う。次の瞬間、濡れた体のままバスルームから連れ出され、久也は自分の部屋のベッドに組み敷かれた。

「先輩」

欲情した榊の顔が近づいてくる。久也からも腕を回して掻き抱き、榊の唇にむしゃぶりついた。

「んんー…っ」

昂《たか》ぶった体が治まらない。体中を弄られ、まるで好きな相手にするような愛撫《あいぶ》を受ける。開かされた足の間に腰を押しつけられ、お互いの昂ぶりが重なった。腰を動かされ、硬いものが擦れ合う。

「ン、んん、ぅんっ」

そのままうつ伏せにされたかと思うと、尻を押し開かれた。露わになったそこに熱く濡れたものが触れる。

「え？　なに？　ひゃっ」

初めは何が起こったのか理解できなかった。押し開かれた場所を舐《な》められているとわかった瞬間、久也は羞恥で体が燃えるように熱くなる。

榊はそこを執拗に舐め、指でさらに押し開く。体の中に舌先が入り込んでくる感覚が堪らなかった。

「や、あ、あ、あ……っ」

恥ずかしさと快感で気が遠くなる。舐められ続けたそこが麻痺したみたいになった頃、ようやく解放された。

ほっとしたのも束の間、今度は硬くて熱いものが押し当てられる感触がした。その正体が何なのか気づく前に、大きくて熱い塊が自分の中に押し込まれる。

「――!?」

声にならない声が上がる。強引に押し入られた衝撃に、頭の中が真っ白になった。

――犯されている。

体の中に入り込んできた灼熱《しゃくねつ》は、ドクドクと激しく脈打っていた。

「……久也さん」

切羽詰まった声で名前を呼ばれ、ぶわっと体が熱くなり、久也の胸に広がっていた靄が一瞬でかき消えた。

自分はいま榊に抱かれているのだと改めて認識した瞬間、本能的な恐怖が霧散した。

榊は荒い呼吸を噛み殺しながら、久也に抑えきれない衝動をぶつけている。あの榊が、他でもない自分に欲情しているという事実に久也は昂揚《こうよう》していた。

「ぁあっ、あ、ア、は……っ」

強く掴まれた腰を引き上げられ、体が浮く。不安定な体勢のまま、激しく穿《うが》たれた。

皮膚に指が食い込む感触に繰り返される律動。内壁を熱くて硬いもので擦り上げられ、掻き回される快感は言葉にできないほどだった。

榊は久也の腰を掴み、深い場所を繰り返し突き上げてくる。律動と共に押し出される嬌声はどんどん艶を増していった。

「や、あ、あ、あっ」

永遠にも思える時間だったけれど、実際はあっという間だったのかもしれない。衝動に突き動かされた榊に追い立てられ、高みへと登らされる。

天辺まで追い詰められた久也は呆気なく終わりを迎えた。

「あ――」

絶頂を迎えた体は、自分を苛む侵入者をキツく締め上げる。背後で、榊が息を詰める気配がした。

「……っ」

体の奥に熱いものが放たれたのがわかった。びく、びく、と断続的な震えが内壁から伝わってくる。

榊が他の誰でもなく久也に欲情し、自分の体で果てたという事実に放心する。

やがて我に返ったのか、榊は久也から体を離した。熱が離れていく感覚に、不思議と寂寥感《せきりょうかん》を覚える。

うつ伏せのまま荒くなった呼吸を落ち着けていたら、絞り出すような呟きが聞こえた。

「……すみません」

「榊……？」

何について謝っているのかわからない。久也は気怠《けだる》い体をどうにか起こして榊の顔を覗き込むと、項垂《うなだ》れたその表情には、苦い後悔が滲《にじ》んでいた。

榊だって若い男なのだ。衝動に理性が負けることもあるだろう。こんな流れになった責任は久也にもある。

体格差があるとは云え、本気で嫌ならもっと早く抵抗したし、殴ってでも止めただろう。だけど、何故か自分自身もやめて欲しいとは思わなかった。

「そんな顔するなって。止めなかったのは俺なんだから」

「……っ」

手を伸ばして榊の髪を撫でると、噛みつくようなキスで唇を奪われた。嵐のような口づけに頭の中まで掻き乱される。

「久也さん」

キスの合間に名前を呼ばれ、久也も応えてしまう。理由などわからない。だけど、いまは何故かお互いの存在を求めていた。

(榊はどうして俺を抱いたんだろう?)

——天海っぽい子なんだな。

先ほどの梅原の言葉を思い出す。もしかしたら、本当に榊の好きな人と久也には幾分似たところがあるのかもしれない。

告白することもできないような相手に、この榊が片想いをしている。

もしもその人が既婚なら、望みはない。不倫なんかするようなタイプではないし、告白をして好きな相手を困らせるようなこともしないだろう。

叶わぬ恋だからこそ、似ている久也に対して衝動が抑えられなかったのではないだろうか。

けれど、あんなふうに特別扱いをされ、誰にも見せないような顔を見せられたら、好きになっても仕方がないではないか。

(『好き』？)

どうしていまその可能性が浮かんだのだろう。久也には過去に彼女がいたし、これまで同性に欲情したこともない。

他の男に欲情するかどうかはわからない。けれど、いまこうして榊に抱かれ、嫌悪感もなく、快感に溺れた。

確かなことは、久也にとって榊は特別な存在になっているということだ。自分の中で反証を重ねようとすればするほど、一つの答えに辿り着く。

(そっか――俺、こいつに惚れちゃったんだ)

自覚した瞬間、好きだという気持ちから目を逸らせなくなった。

(こいつには好きな人がいるのに)

榊には好きな人がいる。好きな人がいる相手を好きになったところで虚しいだけだ。

よく恋心が叶わなくても気持ちさえ伝えられればと云う人もいる。だけど、応えることのできない気持ちを知らされることも相手の負担になりかねない。

この気持ちは知られてはならない――その事実に気づき、久也の胸は酷く冷えた。

13

「腰が痛い」

ぶっちゃけると、やりすぎた。太陽は黄色いし、鏡に映る顔は目の下のクマがすごい。こういうときは、営業用のコンシーラーで隠す。顔色が悪くて困り果てているとき、同僚に教えてもらった。

何故久也のクマが酷いかというと、あのまま盛りのついた猿《さる》のように、榊と明け方まで抱き合ってしまったからだ。欲求不満の成人男性二人だったとしても、発情しすぎだろう。

好きな子がいるのに、俺なんかとやってていいのか？——何度も訊こうとして、どうしても訊けなかった。

（本当にあいつ、何考えてるんだろう……）

久也に触れるのも最初から抵抗はないように見えた。恋愛感情抜きの行為に躊躇いのないタイプだとは思えないのだが。

好きだと気づいたのはいいが、これではまるでただのセフレだ。しかし、まさかお前を好きになったなどとは云い出せない。そんなことを云ったら、いまの関係が壊れてしまう。

偏見や分け隔てのないフラットなやつだから、嫌悪感を見せるようなことはないだろう。しかし、いまのような気の置けない関係ではなくなってしまう。

もし気持ちを伝えて距離ができるくらいなら、いっそセフレのほうがいい——久也はそんな臆病《おくびょう》なことを考えてしまう。

（そもそも告白したところで、結果は目に見えているわけだしな……）

失恋がわかっているのに、自分の気持ちを抑えられない。こんな気持ちになるのは生まれて初めてだった。

（あんまり榊のことを頼りすぎないようにしよう……）

深入りすればこの淡い気持ちがますます燃え上がってしまう。それだけはまずい。

「先輩、準備できましたか？」

「あ、うん。いま行く」

顔をばしっと叩いて血の気を出し、久也は榊の待つ玄関へと向かった。


有川の実家には連絡をせず、二人で直接訪ねることにした。失礼に当たるだろうが、前以て連絡しても断られる可能性が高いからだ。

有川の実家は横浜《よこはま》の住宅地にあった。築四十年ほどの建て売り住宅だが、手入れがよく行き届いていて建物の傷みは少ない。

ただ、しばらく放っておかれているのか、庭は少し荒れている。家の様子を見ると家庭の状況が見てとれる。

一人息子が亡くなったのだから、家の細部まで手入れが行き届かないのも無理はないだろう。

「白鹿建設の者です。突然のご訪問、失礼いたします。息子さんのことで少しお時間いただけないでしょうか？」

インターホンで呼びかけると、怪訝な声が返ってきた。

『どういったご用件でしょう？』

「昨年は隆さんのこと、ご愁傷様でした。我々、隆さんのお部屋を管理していた会社の者でして、お線香を上げさせていただきに伺いました」

『ああ、あの白鹿さんなの。ごめんなさい、すぐに思い出せなくて。わざわざいらしてくれたんですか？　ちょっと待っててください』

やがて玄関が開かれると、中から上品な老婦人が現れ、門扉を開けてくれた。有川の母親だろう。

「どうぞ上がってください」

「ありがとうございます」

家の中に案内されると、リビングに仏壇が置かれていた。白木《しらき》の小ぶりなもので、笑顔の有川の写真が置かれている。

飾られた白菊《しらぎく》と相俟って清涼さが感じられるいいデザインだった。

「素敵な仏壇ですね」

「主人は次男で仏壇がなかったから、これは新しく息子のために買ったんです。センスの悪いものを選ぶとあの子に怒られるから、あちこち見て回って決めたんですよ」

庭とは違い、リビング周りは掃除が行き届いている。きっと、彼女は一日のほとんどをここで過ごしているのだろう。

「これ、よかったら」

「あらあら、本当にすみません。ここの羊羹《ようかん》、息子が大好物だったんですよ」

「甘いものがお好きだったんですね」

失礼しますと断ってから、二人は線香を上げさせてもらった。

「そちらに座っていてください。いま、お茶を淹れてきますね」

ソファで居住まいを正して待っていると、母親は日本茶と茶菓子を持ってきてくれた。

「最近は息子のお友達もあんまり来なくて、少し淋しくしてたんです。お仕事とはいえ、わざわざ大変ね」

「いえ、一度お線香を上げさせていただきたいと思っていたので……有川さんはどんな方だったんですか？」

久也のほうから有川の話を振る。生前の彼の様子から、何か失くし物の心当たりがないか探るためだ。

「優しい子でした。でも、こうと決めたら譲《ゆず》らない頑固なところがあって、会社も絶対に成功させるってがむしゃらでね」

「だから一代であれだけの会社に育て上げられたんですね」

「そうね。ただ、せっかちで焦ると周りが見えなくなる面もあって、お酒を飲むと気が大きくなるところがありました。そのせいで揉めごとになったんだと思います。あのときに病院に行ってくれていれば……」

「お母様の悔しさはよくわかります。あんなに才能に溢れた方が亡くなるには早すぎます。きっと、心残りがあったでしょうね」

「そうなんです。やりたいことはたくさんあったんです。近い内に結婚して、いつか孫の顔も見せてくれるだろうと思ってた矢先だったんですよ」

　母親は涙をティッシュで拭う。

「結婚のご予定があったんですか？」

「ええ、近い内にプロポーズするって云ってました。ただ、亡くなる少し前に彼女と酷い喧嘩をしてしまったから、断られるかもしれないってぼやいてはいましたけど。でも、菜穂子《なおこ》ちゃんなら許してくれるわよって、私も応援してたんですが……」

「菜穂子さんというのが恋人なんですね」

「ええ、内田《うちだ》菜穂子さん。高校の同級生で大学生になってからずっとおつき合いをしてましたの」

　仏壇の周りに飾ってあった写真立ての一つを見せてくれる。幸せそうに笑い合う有川とロングヘアの優しげな女性が写っていた。

「素敵な方ですね」

「家にも何度も遊びに来てくれて、気立てのいい素敵なお嬢さんなんですよ。でも、隆ったらまだプロポーズをしてなかったみたいでね」

「まだ？」

「お葬式の日に菜穂子さんに隆との結婚式が見たかったわって云ったら、まだプロポーズはされてないって。あの子の部屋にあった指輪のケースが空《から》だったから、てっきりもう指輪を渡したものだと思ってたのに……」

「ケースはあるのに、指輪がなくなってたんですか？」

　何気ない言葉が引っかかる。

「ええ、そうなの。もしかして、違う方にプロポーズしてたのかしらねえ。派手な人たちともおつき合いするようになってたみたいだから」

「でも、プロポーズして了承を得られたとしたら、ケースも一緒に相手の方に渡しますよね」

「あら、云われてみればそうね。だったら、指輪はどこにいっちゃったのかしら？」

　母親の言葉を聞きながら、久也は榊と顔を見合わせた。


　帰りがけに有川の墓も訪ねてみることにした。母親に場所を訊ねると、すぐ近くに菩提寺《ぼだいじ》があるという。

　寺の入り口で仏花を買い、彼が眠っているべき場所を探す。

「一番奥の桜《さくら》の木の横って云ってたな。あれかな？」

「大きな桜の木ですね。春は見事だろうな」

いまは青々とした葉を茂らせているばかりの大木だった。

有川の墓の前で物憂げな女性が佇んでいた。その淋しげな様子に、久也は思わず声を上げそうになった。さっき見た写真よりもほっそりしているけれど、柔らかな面差しは間違いなく内田菜穂子だった。

「こんにちは。有川さんのお知り合いの方ですか？」

「あの……？」

榊に声をかけられ胡乱な視線を返してくる菜穂子に、久也は慌てて自己紹介をする。

「僕たち、白鹿建設――有川さんが生前住まわれていたマンションの管理をしてる会社の者でして、いま一周忌のお参りにご実家に伺ってきたところなんです。せっかくなので、お墓にもお線香をと思いまして」

「ああ、そうだったんですか。不動産屋さんがわざわざいらっしゃるなんて珍しいですね」

確かにそうだ。母親は怪しみもせず歓迎してくれたけれど、普通なら警戒して当然だ。

名刺を差し出すと、いくらかは信用してくれた様子だった。

「実家に行かれたんですか。おばさまはお元気にされてましたか？」

「はい。お元気そうではありましたが、淋しくされているようです」

「そうですか……」

久也の答えに複雑そうな表情を浮かべる。

「失礼ですが、有川さんの恋人の内田菜穂子さんですよね？　あなたは有川さんのご実家には寄らないんですか？」

「どうして私のことを――おばさまに聞いたんですね。私は……いまは恋人だったのかどうかよくわかりません。私には彼の実家を訪ねる資格はありませんから」

　それはどういう意味だろうか。

「それじゃあ、お先に失礼します」

「あの！　実は僕たち、いま有川さんが亡くなった部屋に住んでいるんです」

　そそくさと去ろうとする菜穂子をどうにかして引き留めようと、久也は手の内を晒《さら》す。

「あの部屋に？」

　榊のようにカードを一枚ずつ見せながらじっくりと話すのは苦手だ。久也には何もかも正直に、正面からぶつかっていくことしかできない。

　だから、思い切って真実を告げることにした。

「こんなことを云うとどうかしてると思われるかもしれませんが――実は有川さんのあとに入居したご家族から部屋で心霊現象が起こるという報告がありまして、いまその調査のためにあの部屋に我々が住み込んでるんです」

「心霊現象？　何を云ってらっしゃるんですか……？」

「実際、毎晩のように何かを探しているような人の気配があるんです。彼から後悔の念のようなものを感じたので、成仏するために何か手伝えることはないかと思って動いてるんです」

「彼があの部屋にまだいるんですか……？」

「はい。確かに有川さんだと思います」

榊が力強く頷く。

「有川さんは家の中を彷徨いながら、何かを探しているようなんです。だから、探しものが見つかれば、彼も成仏できるんじゃないかと思って調べています。少しでいいので生前の彼のことを教えてもらえませんか？」

「――そうですか。わかりました。少しだけなら」


墓地の中央にある東屋《あずまや》に移動し、それぞれ腰を下ろした。

「亡くなる前に有川さんと喧嘩をしたそうですね」

「おばさま、そんなことまで話したんですか？」

「お二人はおつき合いも長くて、結婚式を楽しみにしてたって云ってました」

母親の言葉を伝えると、菜穂子は泣きそうな顔になる。

「彼には高校生のときに告白されました。同じ大学に行けたらつき合って欲しいって。二人で合格しておつき合いするようになってから、彼は在学中に起業して、私は卒業して就職しました。彼の会社が軌道に乗ったら、結婚しようって約束してたんです」

「有川さんの会社の急成長ぶりはすごかったみたいですね」

「運よく業界の成長の波に乗れたんです。でも、会社が大きくなるにつれて、彼の交友関係は派手になっていきました。段々彼らしさが減っていって、まるで知らない人のようでした」

成功者にはありがちなことだ。人脈を作ろうと新たな交友関係にハマっていき、それまでの人間関係を蔑《ないがし》ろにしてしまう。

「それでも、いつか落ち着くだろうと思って静観してたんです。でも、私とのデートの日、すっぽかされて家に行ったら、派手な人たちとパーティをしてて。私と約束したことも忘れて、胸の大きなグラビアアイドルと一緒に飲んでたんですよ。それでさすがに腹が立って、その場で大喧嘩になったんです」

「ああ、そうだったんですか……」

有川は夢への階段を上っていく内に、環境に飲まれて変わってしまったのかもしれない。

「浮気じゃないって云ってましたけど、そういう問題じゃないってわかってませんでした。でも、元々の彼は理性的で思い遣りのある人だったから、私は時間を置いて冷静になればわかってくれるんじゃないかって思ってました」

深いため息が彼女の落胆を物語っている。約束を破って悪びれない態度が何よりショックだったに違いない。

人づき合いは信頼が大事だ。一度不誠実な対応をされれば、その後の言動を信じていいものなのかわからなくなる。

「しばらくして、彼から部屋に来てくれってメールが来て、指定された日にちに行ったんです。仲直りできるんじゃないかって期待してました。それなのに——」

見つけたのは、変わり果てた彼の姿だった。菜穂子の衝撃はいかばかりだっただろうか。

「彼と最後に交わした言葉はよく覚えてます。あの人たちと好きなだけパーティしてればいい、大っ嫌いって云って、あの部屋をあとにしました」

恐らくこの一年、何度もその言葉を悔やんできたのだろう。

「きっと、あの日は別れ話をするために呼び出されたんです。指輪のケースが空だったって、おばさまに聞きました。違う人にプロポーズしたんでしょうね。それらしい人はお葬式には顔を出しませんでしたけど」

淋しげな苦笑が痛々しい。菜穂子にかける言葉が見つからず、久也はただ膝《ひざ》の上の拳を握りしめることしかできなかった。

14

菜穂子は『元彼女』として、できることは協力すると云ってくれた。

生前の彼のしたことについてはいまでも腹を立てているけれど、長く恋仲だった相手が成仏していないのは気がかりに違いない。

「なあ、この間梅原たちが来たときのことだけどさ、有川さんは当時の派手な生活を後悔してたんじゃないかな？」

人脈作りのパーティ三昧の生活。そのせいでずっと支えてくれていた彼女と大喧嘩をしてしまったのだ。悔いる気持ちは当然あっただろう。

「俺さ、あの日ずっと梅原たちに帰って欲しいって思ってたんだ。もしかして、それが有川さんの気持ちと共鳴したんじゃないかな。逆恨みもいいところだけど、理解はできる気がするんだよね」

「なるほど、確かに有川さん、苛立ってる気配はありましたね」

華やかなパーティ三昧の日々に、彼自身、自覚なく疲れていたのかもしれない。そうすることがステップアップに必要だと信じていたとしても。

「でも、指輪かあ。どう考えても、ケースが空ってのが怪しいよな」

有川は彼女を呼び出し、プロポーズをして仲直りをするつもりだったのではないだろうか。

「やっぱり指輪を探しているのかもしれませんね。ただ、いくら指輪が小さいとは云え、見つからないサイズではないと思うんですよね。清掃が入ったときに出てきてるはずです」

「だよな……。そんなものが落ちてたら、見つからないわけないよな。下手したらゴミと一緒に捨てられちゃってるかもしれないし」

　そもそも有川があれだけ探しているのに見つからないのなら、家の中にないのではないだろうか。

「〝彼〟の様子だと部屋でなくしたと思っているようですが、飲み屋で喧嘩をしたときに落とした可能性もあるのでは」

「外でなくしてたならお手上げだぞ」

　有川が揉めた店を特定することができたとしても、一年前のことだ。貴金属が同じ場所に落ちているなんてことはあり得ない。

「藁山の中から針を探し出すようなものですからね」

「有川さんは外にまで探しには行けないのかな」

　家の中は自由に動けても、外には出られないなら不便なことだ。

「恐らく後悔の念と結びついているこの場所に囚われているんでしょう」

「でも、部屋の中を探してるってことは、何かここだという心当たりがあるってことじゃないか？」

「その心当たりが正しいとは限りません。俺たちだって思い込んでたことが勘違いだったってこともあるでしょう？」

「その可能性もあるけどさ――ちょっと待てよ。榊、死亡当時の記事ってまだ持ってるか？」

　ふと、久也の頭にある考えが浮かぶ。

「はい、ありますけど」

「ちょっと見せてくれ。確認したいことがあるんだ」

久也は榊に部屋から取ってきてもらった新聞や週刊誌の記事を改めて読み返す。彼が亡くなっていたとき、リビングの窓が開いていたという記述があった。

「まだ探してない場所があるじゃんか！」

そう声を上げて、久也はベランダに飛び出した。

業者を入れてもベランダの清掃は手薄なことがある。ただの憶測でしかないけれど、最後の望みをかけてスマホのライトをつけ、端から順繰りに見ていく。

掃き出し窓の桟の下の隙間や室外機など、小さなものが入り込む可能性がある場所を探していく。

「俺は反対側から探してみます」

「頼む」

二人で這いつくばるようにして指輪を探した。久也は雨水を流すための溝を辿っていく。角にある排水溝を照らすと、その奥に何か光るものが見えた気がした。

「あっ！」

「え、見つかりましたか？」

「この奥に何かありそう」

しゃがんでいる体勢ではよく見えない。久也は腹ばいになって排水溝に顔を近づけ、目を凝《こ》らした。

「金属っぽい感じだな。くそ、硬くて外せない」

ネジで固定されたストレーナーは、素手ではびくともしない。

「さすがにドライバーはないよな？」

「代わりになるものを探してきましょうか？」

「いや、いい。むしろ長い棒か何かないか？」

「長いって菜箸《さいばし》でいいですか？」

「うん」

榊から菜箸を受け取り、排水溝の奥を探る。灯台下暗しとはこういうことを云うのだろう。震える手つきで箸の先を銀色に光るものへと近づける。

「もうちょっとなんだけど……あっ、取れた」

何度かチャレンジし、どうにか摘《つ》まむことができた。落とさないよう気をつけながらそろそろと引き上げる。目の前まで持ち上げたところで、久也は慎重に左手で下から包み込んだ。

「……っ」

それを握り込んだ瞬間、久也は軽い目眩に襲われた。

「先輩、大丈夫ですか？」

「あ、ごめん、いま有川さんの記憶が見えた気がして……」

久也の脳裏に、ベランダを前に立ち尽くしている有川の姿が浮かんだ。彼はここで菜穂子に謝り、プロポーズをしようと心に誓っていた。

「ちょっとこれ持ってて」

摘まみ出した指輪を榊に手渡すと、久也は腹ばいの体勢から立ち上がり服についた埃《ほこり》を払った。

「有川さんが探してたのってこれだよな」

「空のケースはこれを入れていたものだったんでしょうね。内側に刻印も入ってますよ」

榊から再び受け取り、スマホのライトでよくよく見てみる。何らかの英文とＴｔｏＮというイニシャル。

「有川さん。探してたのって、この指輪？」

部屋の中にいるであろう有川に呼びかける。きっと喜んでくれるだろう——そう思って。

すぐに照明が繰り返し明滅し始めた。だが、久也の期待とは裏腹に室内から流れてくる空気は重く冷ややかだ。ぞくぞくと背筋が凍るような寒気が襲ってくる。

「え？　何で？　何か怒ってない？」

「もしかしたら、俺たちが自分の探していた指輪を横取りしたと思ってるのかもしれません」

榊の解釈に久也は青くなる。

「そんな！　誤解だって！　俺たちは有川さんの代わりに探してただけで——うわっ」

有川の怒りを解こうと言葉を重ねるけれど、室内はどんどん淀《よど》んだ空気になっていく。部屋の中に戻ることすら難しそうだ。

「こちらの言葉は耳に届いてないみたいですね」

「ねえ、この指輪は菜穂子さんに渡そうと思ってたんだろ？　有川さんがこの部屋から動けないなら、俺たちが彼女に渡してくるから！」

　そう説明しても不穏な空気は払拭されない。

「力がつきすぎて、生前の記憶が薄れてきているのかもしれません。俺たちがこれを持ってこの部屋にいるのは却って危険ですね」

「え、じゃあどうしたらいいんだよ！」

　この状態で有川と対峙したまま、夜通しベランダで過ごすことになるのは避けたい。有川が怒りに支配され、我を失っていく様子を見ているのも辛かった。

「これを菜穂子さんに届けましょう。目的を果たせば、きっと彼にも先輩の真意が伝わるはずです」

15

榊の助言に従い、早速、菜穂子に連絡を取ると都合をつけてすぐに来てくれた。

亡き恋人が住んでいたところとは云え、男二人暮らしの部屋に呼びつけるわけにもいかず、マンションに併設された商業ビルの一階にあるカフェで落ち合うことにした。

テラス席があり、かなり遠目にはなるが自分たちの部屋から見下ろせる位置にある。

「お待たせしてしまって申し訳ありません」

「いえ、こちらこそ、わざわざご足労いただき助かりました」

「このカフェ、彼とよく来たんです。懐かしいな」

菜穂子は店員に飲みものをオーダーすると、すぐに久也たちに真剣な顔を向けた。

「あの、指輪が見つかったって本当ですか？」

「はい、これなんですけど――」

説明するよりも実物を見せたほうがいいと思い、ハンカチに包んだ指輪を菜穂子の前に置いた。

「ついさっき、有川さんが住んでいた部屋のベランダの排水溝で見つけたんです。奥のほうに入り込んでました。ずっと部屋の中ばかりを探してたんですけど、見つからないのも当然ですよね」

「そんなところにあったんですか。これは、本当にあの人が買ったものなんでしょうか？」

菜穂子は大きなダイヤモンドが一つついたデザインの細身のリングをしげしげと眺める。

「恐らく間違いないと思います。見つかったことを報告したら、俺たちが隠していたと勘違いしてものすごく怒ってましたから」

「あの人、そういう早とちりをよくするんですよね。探し出してくれた恩人に酷い態度でごめんなさい」

菜穂子が謝ることではないのだが、彼女は生前もこうやって彼のフォローをしていたに違いない。有川への愛情が伝わってくる。

「有川さんはどうしてもあなたにこれを渡したかったんだと思います」

「それはどうでしょう……。あの日一緒にいたアイドルの子に渡すつもりだったのかも」

「内側の刻印を見てみてください。ＴｔｏＮというのは、有川さんのお名前の隆のＴと菜穂子さんのＮなのではないですか？」

「え？」

菜穂子は指輪を手にして、内側の刻印をじっと見つめた。

Stand By Me——私の傍にいて。

指輪の内側に彫られた言葉だ。

成功してからの華やかな交友関係ではなく、学生時代から支えてくれていた菜穂子への言葉ではないだろうか。

「亡くなった方の想いが詰まったものをお渡しするのは、もしかしたらご迷惑になるかもしれません。受け取るのが苦しいようでしたら、隆さんのお母さまにお渡しすることも、我々のほうで供養させていただくことも可能です。ですが、もしよろしければ——」

　顔を上げた菜穂子は泣き笑いのような表情になっていた。

「実はね、今日は私の誕生日なんです」

「え！　それはおめでとうございます」

「今日、お二人に会うことになったのも、彼の気持ちがそうさせたのかもしれませんね。……受け取らせていただきます。一年越しの誕生日プレゼントのつもりかもしれないので。ほんと、サプライズにも程がありますよね」

　有川は菜穂子の誕生日にプロポーズするつもりだったのだろう。涙を拭う菜穂子の顔は墓前で会ったときよりも晴れやかになっている。

「あの、よかったら部屋に来ませんか？　彼の姿が見えるとは限らないんですが……」

「会いたい気もするけど、やめておきます。あの部屋にはあんまりいい思い出がないから。あ、でも、ちょっと待っててください」

　菜穂子はバッグを摑むと小走りでどこかへ行く。向かった先はフラワースタンドだった。

　そして、ピンクのガーベラを一輪手にして戻ってきた。

「もし、彼がまだあの部屋にいるなら、この花を手向《たむ》けてくれませんか？　彼との思い出の花なんです。この花を見たら、きっと彼には伝わるから」

「わかりました。お預かりします」

「早く成仏しろって云っておいてください。あと、来年のお盆にはちゃんと帰ってきて、遅刻したら許さないって」

「確かに伝えておきます」

「色々とありがとうございました。これからは彼に恥じないようきちんと生きていこうと思います」

菜穂子は目元の涙を指先で拭い、晴れやかな笑顔を浮かべた。

彼女の見上げた先には、５５０１号室がある。淋しさはあるだろうが、一歩前に進むきっかけになったのだとしたら幸いだ。

（願わくば、有川にも彼女の気持ちが伝わりますように）

預かったガーベラを見つめ、久也はそう祈った。

菜穂子とはカフェで別れ、久也と榊は部屋に戻ってきた。施錠《せじょう》を解き、恐る恐る玄関を開ける。

「ど、どうだ？」

「……何となくですが、部屋の空気が落ち着いてます」

「本当？　菜穂子さんが来てくれたのわかったかな」

「上から見てたのかもしれませんね」

誤解が解け、怒りが収まったのだろうか。彼女の言葉が聞こえていたらいいのだが。久也たちはリビングにそろそろと入り、パーテーションをずらして半分ほど開放してみた。

明かりは敢えてつけずにおいた。そのほうが、久也にも彼の姿を確認しやすいのではないかと思ったからだ。

「有川さん、そこにいる？　いまは俺には見えないな。榊、お前はどう？」

「いつものようにベランダの掃き出し窓の前にいます。でも、さっきと違ってとても静かですね」

「あの指輪、菜穂子さんに渡してきたよ。ちゃんと受け取ってもらえた。あれ、誕生日に渡そうとしてたんでしょ？」

亡くなった有川を見つけたのが菜穂子の誕生日になってしまったことは悲しいけれど、一年越しに大事な人に本意が伝わったのだ。

「あと、これ、彼女から」

有川の足下と思しき場所に、ピンクのガーベラをそっと置く。

「この花を見たら、自分の気持ちはわかるだろうからって。あと、早く成仏して、来年のお盆は遅刻しないで帰ってこいってさ」

菜穂子に託された伝言を伝える。ガーベラにどんな意味が込められているのかはわからないが、きっと二人にとって思い出の花なのだろう。

――ありがとう。

はっきり久也の脳裏にそう響く。その一瞬だけ、久也は彼の姿を見た。黒い靄のように見えていたときと違って、穏やかに笑っている気がした。

次の瞬間、開けっぱなしだった窓から目が開けられないくらいの強風が吹きつけた。

「……ッ」

室内で竜巻のようなものが起こり、カーテンがちぎれそうなほど激しく空気が攪拌《かくはん》される。照明が派手に明滅し――やがて気配が完全に消えた。

「大丈夫ですか、先輩」

「ああ、すごい風だったな。いまのも霊障なのか？　……え、嘘、花がない……」

確かに床に置いたはずのガーベラが跡形もなく消えていた。

「恐らく彼が持っていったんでしょう」

久也にも空気が軽くなったのがわかった。常にどこか寒々しい部屋だったのに、いまは温かみを感じる。

「ありがとうって云ってた。彼もこれで少しは救われたかな」

きっと、彼は成仏できたのだろう。お盆や彼岸《ひがん》に本当に死者が帰ってくるかどうかは久也にはわからないが、少なくとも現世に囚われ、動けなくなっているより安らかでいられるのではないだろうか。

「消える前の彼はすごく穏やかになってました。きっと、先輩に感謝してたと思います」

「榊もありがとな。彼を見送れたのはお前のお陰だよ」

榊がいなければ、この部屋から早々に逃げ出していた。榊がいつも冷静に傍にいてくれたから、解決することができたのだ。

「先輩がいたからですよ。俺だけだったら、彼を無視して普通に生活してたはずです。幽霊が苦手なのに困ってるなら助けたいなんて、先輩みたいな人じゃなきゃ云い出さないでしょうしね」

「だって、見過ごせないだろ」

誰かが困っていて、自分にできることがあるなら手を貸したい。一人ではできることに限りがあるけれど、助け合えば笑顔になる人も増えるはずだ。

(自分だったら、どうしたかな?)

好きな人に伝えたい気持ちを伝えられずに死んでしまったら、彼のように現世に縛られてしまうだろうか。

自分の気持ちを知って欲しい。

だけど、その気持ちが迷惑だったら?

久也も榊に好きだと云いたくて、いても立ってもいられなくなる瞬間がある。だが、そんな一時の衝動に任せて後悔しないかと躊躇ってしまうのだ。

「――――」

この同居には期限がある。あと、約一ヶ月で終わる。

初めは早く終われと思っていたけれど、いまは心から別れ難い。ルームシェアが終わっても、同じ会社の社員であることには変わりないけれど。

すれ違ったときに挨拶をするような関係は、余計に苦しくなりそうだ。

「どうしたんですか？　まだ心配なことがありますか？」

「いや、そういうわけじゃないんだけど、終わったんだなあって思ってさ」

「今日からやっと心置きなく安眠できますね」

「あと一ヶ月はタワマン暮らしを満喫できるってことだな」

一ヶ月。自分の口にした単語で胸を抉《えぐ》られる。努めて明るく振る舞っているけれど、寂寥《せきりょう》感は拭えない。

この部屋を出れば、榊とはまたただの同僚に戻る。部署も違う以上、個人的に連絡を取らなければ接点もなくなるだろう。

「先輩と同じ寮に入れたらいいのに」

「え、何で？」

「だって、せっかくこうして親しくなれたのにバラバラになるのは淋しいじゃないですか」

「……ッ」

榊がそんなふうに感じてくれているとは思いもよらなかった。少なくとも『先輩』として慕《した》ってくれているのだとわかって嬉しかった。それだけでも久也は報われた想いがした。

榊には好きな人がいる。

久也に残されているのは、このまま片想いを続けるか、告白して玉砕《ぎょくさい》するかのどちらかだ。

「――お前ならどうする？」

「え？」

「好きな相手に気持ちを伝えようとした矢先に死んじゃったら」

「そうですね、有川さんみたいに成仏できないかもしれません。どうにかして、その人のところに行ってアピールするかな。でも、今回みたいに上手くいくことってなかなかないですよね。有川さんには先輩っていう協力者がいたけど、そんな人に出会えるとは限りませんし」

「みんなに霊が見えるわけじゃないしな」

「やっぱり、生きている間に相手に伝えることが大事なんでしょうね」

どんな気持ちも言葉にしなければ、ほとんど相手に伝わらない。

以心伝心という言葉はあるけれど、普段からコミュニケーションを取り合っている相手でなければその境地には至らないはずだ。

「お前にも好きな子がいるんだから、ちゃんと伝えろよ」

「そうしようと思ってたところです」

きっぱりとした返事が、さくりと胸に突き刺さる。告白しろと促しておいてショックを受けるなんて、滑稽《こっけい》にもほどがある。

「……そっか。お前なら絶対に上手くいくよ。カッコいいし、仕事はできるし、料理も上手い。よく気も回るし、実はけっこう優しいし――」

その上、キスもセックスも上手い。恋人にしたら、最高の男だ。

「本当にそう思いますか？」

「もちろん。お世辞なんて一つも混じってないぞ。最初はできすぎでムカつくなって思うこともあったけど、あれは妬《ねた》んでただけだから。お前に好きだって云われたら、誰だって嬉しいよ。俺が太鼓判《たいこばん》を押してやる」

失恋の胸の痛みを堪えながら、榊を応援する。好きな人には幸せになって欲しいから。

可能ならば共に人生を歩みたいけれど、好きな人が好きになってくれるなんて僥倖《ぎょうこう》は奇跡のようなものだ。

「好きです」

四文字の言葉に、久也は目を瞬いた。

「へ？　――って、おい。俺相手に練習するつもりか？」

自分以外に告げられるその言葉は、冗談でも耳にしたくない。余計に辛くなってしまう。耳を塞ぎたい気持ちを堪え、作り笑いでごまかす。

「練習ではなく、いまが本番です。俺は、本当はずっと前から先輩のことが好きでした」

「え？」

青天の霹靂《へきれき》とも云える告白に、久也はさらに目を瞠る。

「何云って……好きな子がいるって云ってたじゃん」

「それは先輩のことです」

「は？」

「先輩に相応しい男になったら、告白しようと思ってたんです。でも、臆病で、なかなか踏ん切りがつかなくて」

「――」

理解がすぐには追いつかない。

「先輩がこの部屋に住むのを嫌がってて、同居してくれるやつがいればって部長が云ってるのを聞いたとき、その場で立候補したのは、先輩に少しでも近づきたいと思ったからです」

　初日の態度を思い返してみるけれど、そんなふうに思っているようにはとても見えなかった。

「……嘘だろ？　だったら何で俺をバカにしたような発言をしてたんだよ……」

「そんなこと云ってません」

「俺が幽霊が怖いってわかったら呆れたような顔してただろ。鍛えても無駄だとか、そのままでいいとか……」

「呆れたつもりはありませんが、それは先輩が可愛いなって思ったのが顔に出ないようにしていたせいかもしれません。鍛えなくていいと云ったのは、俺が手助けできることが減るからです」

「はあ？」

「俺にとって、先輩は完璧な人なんです。そのままで十分魅力的なのに、これ以上人間を磨かれたら、手の届かない人になってしまうと思って……」

　真顔で説明された内容に唖然とする。

　これまでの発言、行動が全て『好き』という前提で行われたということか。そう考えてみれば、榊の行動はものすごくわかりやすい。

「本当に申し訳ありません。好きだと云う前に雰囲気に乗じて抱いたのも卑怯でした。それは反省してます」

「……何だよ、そういうことは早く云えよな……！」

　必要以上に思い悩んでしまったではないか。

腹立ち紛れに、久也は謝り倒す榊の胸ぐらを摑んでキスしてやった。

「先輩――」

切れ長の榊の目がこれ以上ないくらいに見開かれている。

「好きな人がいるって云うから、俺はどうやって諦めようか死ぬほど悩んだんだぞ」

「諦めるって……え？」

「臆病なのは俺もだよ。振られてもいいように、同居の最終日に告白するつもりだったんだからさ。――俺もお前が好きだ、榊」

「……ッ」

今度は榊から激しい口づけをされる。榊の舌が口の中で暴れ回る。何もかも奪い尽くそうとするかのような口づけに、ぐらぐらと目眩がした。

キスもセックスもしたことはある。だけど、気持ちよさを感じたのは榊が初めてだ。

どちらもあまり積極的にしたいと思えなかったのは、軽い潔癖症なんだろうと思っていた。元々、他人の唾液や体液に触れることに抵抗感があったからだ。

だが、榊とはどんなに濃厚なキスをして、混じり合った唾液を飲み下しても、射精した精液が肌についても嫌悪感は微塵もない。

榊の唇は柔らかくて優しくて気持ちがいい。なのに、キスは荒々しく苛烈だ。

「俺を抱いたこと、後悔してるか？」

キスの合間に問いかける。

「まさか。してるわけないでしょう？」

「俺も。お前に抱かれたから、自分の気持ちに気づいたんだ」

何度も抱かれたし、お互いの体にも触れ合ってはいるけれど、彼の本心を知ったいま、どんな気持ちで身を任せればいいかわからない。

口づけを交わしながら、上着をお互いの肩から落とす。いますぐ欲しい。言葉だけでなく、肌でも相手の全てを感じたい。

「俺の部屋でいいですか？」

「どこでもいいから早く」

榊は久也を抱え上げ、大股で自分の部屋へと向かう。ドアを開け放したままベッドに放られ、そのままのしかかられた。

榊はトレーナーとインナー代わりのTシャツを剝《は》ぎ取り、久也の首筋を唇で辿っていく。鎖骨の上の薄い皮膚を吸い上げられ、むず痒《がゆ》さに身を竦《すく》ませる。

「あ、はっ……」

唇や舌、口腔に残る感触をぼんやりと反芻していた久也は、不意に上がった自分の声に我に返った。

「あっ、え、何……？」

擽ったさに似た甘い感覚が何なのか確認しようと顔を上げ、榊が自分の乳首に口づけていることに気がついた。

「何でそんなとこ……っあ、んっ」

小さな粒を舌で転がし、吸い上げられる。

「感じるのか試してみたくて」

強く吸われたり、歯を立てられたりすると反射的に腰が跳ねる。小さな飴玉《あめだま》を弄ぶように繰り返し

「やっ、それヤバい、あ、ぁあっ」

刺激され、どうしようもなく高まっていく。榊の髪に指を差し込み、掻き回す。

榊は久也のズボンと下着を取り去り、足の間に顔を埋めると、久也の屹立《きつりつ》を根本から舐め上げた。

「――!?」

裏側の筋を舐め、先端を口に含み、括《くび》れを唇の裏で擦る。まさか口淫《こういん》をされるとは思っておらず、動揺する。

「や、何して……っ」

止める間もなく先端から呑み込まれ、久也は言葉を失った。舌の絡まる感触と丹念で執拗な愛撫に、ただ喘ぐことしかできない。

「あっ、ああ、あ……!」

音を立てて吸い上げられ、聴覚からも羞恥を煽られる。あまりの快感にかぶりを振る。

「や、ダメ、出る、放し……っ」

そう訴えたにも拘わらず、榊は久也を解放してはくれなかった。それどころか、さらにキツく吸い上げて追い詰める。

「あっあ、あ、あ――」

舌先で先端の窪《くぼ》みを刺激されたのが誘い水となった。欲望はあえなく決壊《けっかい》し、榊の口腔に放たれる。

何てことをしてしまったのかとパニックに陥りかけた久也を尻目に、榊は平然と口の中のものを嚥《えん》下《か》した。

「……！　き、汚いだろそんなの」

「先輩のは汚くありません。恋人なら普通のことでしょう？」

「そう、なのか？」

「そうです」

自信満々に云い切られると、そんな気がしてくる。自分のものを舐めるなんて無理だけど、榊のものならできそうだ。

「――俺もする」

「え？」

動揺する榊にのしかかり、ベルトを外す。ウエストを緩めて外に引っ張り出した昂ぶりは、すでに硬く張り詰めていた。

「ちょ、先輩、無理しなくても」

「やっぱデカいな」

自分の口に入るだろうか。

「先輩、やめといたほうが」

「お前ばっかりずるいだろ」

自分だって、榊の興奮を感じておきたい。大きく口を開いて先端を含むと、舌の上に熱を感じた。しかし、サイズのせいで口に入りきらない。

戦略を変えようと顔を上げた瞬間、榊のそれは暴発した。

「……っ」

口の中だけでなく、顔全体に生暖かいものがかかる。

「すみません、そんなつもりじゃ」

常に冷静でポーカーフェイスの榊が心底狼狽えている。

「別に謝ることないよ」

むしろ、あれだけで爆ぜてしまった榊の余裕のなさが可愛かった。榊は自分のシャツの袖で久也の顔を拭いてくれる。

「もっかいちゃんと――」

「今日は遠慮しておきます。これ以上、カッコ悪いところを見せたくないので」

再び挑もうとしたら、やんわりと押し返されてしまった。

「別にカッコ悪くなんてないだろ。いいから、させろって」

「ダメです。早く先輩の中に入りたい」

「……っ」

切羽詰まった囁きに、ぞくぞくと背筋が震える。久也が仰向けの体勢で足を大きく開かされると、足の間に榊が入り込んできた。

この間は後ろからだったから、こんなふうに大きく足を開いて何もかも晒すような体勢は初めてだ。恥ずかしさと心許なさでいっぱいだが、向き合っていなければ抱き合うことはできない。

榊がシャツを脱ぎ捨てると、枕元の明かりに彼の鍛え上げられた肉体が照らし出される。久也は彼の体を見上げながら、ごくりと喉を鳴らした。

体を起こした榊が何かを探すようにベッドの周りに視線を巡らせている。やがて手に取ったのは、手荒れに使うローションだった。

榊はその蓋《ふた》を開けて中身を大きく掬うと、久也の足の間にべったりと塗りつけた。

「……っ」

「すみません、痛くしたくないので」

キツく閉ざした入り口を指で揉みほぐし、ぬるぬるとしたものを中まで塗り込んでくる。指を抜き差しされる感覚は落ち着かない。久也は歯を食い縛り、奇妙な違和感を耐え忍ぶ。

「……もう、それいいから……っ」

「ダメです。まだこんなにキツいのに」

「や、早く」

体を押し開かれ、深く繋がる感覚をもう知ってしまっている。痛みも苦しさもあることは承知しているけれど、いますぐ一つになりたかった。

久也がねだると、榊は喉の奥で低く呻《うな》った。

「どうなっても知りませんよ」

榊の言葉に、久也はごくりと喉を鳴らした。

体内で彼が暴れ回る感覚を思い出し、ぞくぞくと背筋が震えた。

榊は避妊具の封を歯で切り取り、中のものを自身に装着する。張り詰めすぎているのか、つけるのに少し手間取っていた。

「……あんまり見ないでください。まだ慣れてないんです」

意外な言葉に目を瞠る。

「いままでつけずにしてたのか？」

「いままでというか、前回はつける余裕がなかったので」

「いや、前回だけじゃなくて、その前の話だよ」

「先輩が初めてなので」

「えっ、マジで!?」

榊ほどの男がこれまで未経験だったなんて考えられない。恋愛に積極的でなかったとしても、周りが放っておかないだろう。

「はい。童貞相手は萎《な》えますか？」

「いや、むしろ、その——嬉しいかも」

自分が初めての相手なのだと思うと、むしろ興奮するなどと明け透けなことを口にするのはさすがに控えた。

相手にどんな経験があろうと気にするつもりなどなかった。だが、欲情し乱れた彼を知っているのは自分だけだという事実に歓喜してしまう。

　こんな独占欲を持ち合わせていたことを初めて自覚した。

「それならよかった」

　ローションを塗り込み、丹念に解された場所に薄いゴム越しの怒張が押し当てられる。息を呑むのと同時に、先端を押し込まれる。

「んっ」

「先輩、あんまり絞めないでください」

「ごめ、でも――あ……っ」

　熱いものが入り込んでくる感覚に意識が集中してしまう。根元まで収めた榊は、大きく息を吐く。衝動を堪えているのが薄いゴム越しにも伝わってくる。

「いいから、好きに動けって」

「乱暴にしたくないんです」

「俺はお前に酷くされたい」

　往生際の悪い榊に、そう囁く。思うままに衝動をぶつけて欲しい。取り繕った表情ではなく、本音を知りたいのだ。

「……っ」

　榊は喉の奥で呻くように悪態をついたあと、久也の腰を強く摑んで引き寄せた。そうして、体の中を掻き回すように深く穿ってくる。

「あっ、や、あ……！」

抉るような突き上げに蹂躙《じゅうりん》され、惑乱する。冷静で理性的な顔が乱れ、獣のような一面が覗く瞬間

――他でもない久也が彼にそんな顔をさせているのだということが堪らなかった。

「ひぁ…っ、あ、榊、あっあ、あッ」

自分を翻弄し、支配している男の背中に爪を立てる。所有の証を刻み合い、膨れ上がる快感に身を任せる。

「ぁあっ、ア、も、いく、あ――…っ」

激しく揺さぶられ、白濁を吐き出した。榊は奥歯を噛み締め、絶頂の余韻に体を震わせる久也の中で終わりを迎えた。

二人で大きく息を吐く。額や頬に、榊の汗が滴り落ちてくる。荒い呼吸の中、視線が絡む。

「好きだよ、榊」

堪らず告げると、噛みつくようなキスをされた。

好きな人が自分を好きでいてくれる――その奇跡を噛み締めながら、その男の頭を掻き抱いた。

16

「体、大丈夫ですか？」

　中原に呼び出された会議室に向かう途中、榊が小声で訊ねてきた。

「……全く大丈夫じゃない」

　酷使された腰は痛いし、寝不足で頭もぼんやりする。さらに問題なのは、体の奥に燠火《おきび》のような熱が残っていることだ。

　週末はほとんどベッドの中で睦み合っていた。一秒すらも離れがたく、眠くなっても触れ合っていると盛り上がってしまう。

　お陰で肌艶はいいのに、目の下には酷いクマが浮いているという状態だ。応えてしまった自分も自分だが、榊も少しは手加減というものを覚えて欲しい。

「そういえば、改めて調べてみたんですけど、エロいことって除霊には何の効果もないそうです」

「え？　でも、めちゃくちゃ効果あったじゃん」

　榊と抱き合っている間は、何の霊障も起こらなかった。

「もしかしたら、あれは有川さんが気を遣ってくれてたんじゃないでしょうか」

「気を遣う……？」

「入ろうとした部屋の中からそういう声がしたら、普通は遠慮しますよね」

「……！」

出歯亀《でばがめ》にならないよう、遠慮してくれていたというのか。有川からしてみたら、見せつけるようにイチャつくカップルだと思われていたのかもしれない。

「うわあ……俺たちあの人にものすごいバカップルだって思われてたのかな……」

思い返すと、羞恥で死にそうだ。

「あの頃はまだつき合ってませんでしたけど」

「……そうだったな」

あの部屋で榊と顔を合わせた日のことを思い出す。当時はまさか榊を好きになるなんて、爪の先ほども想像していなかった。

誰かを心から愛するという気持ちを、久也は生まれて初めて知った気がする。傍にいるだけで多幸感が込み上げてくるのだ。

久也と榊は背筋を伸ばし、ノックして会議室に入った。

「失礼します」

「おー、来たか。二人とも座ってくれ。お疲れ。あの部屋にいるのもあと一ヶ月か。どうだ？　問題なく暮らせてるか？」

「はい、お陰さまで快適です」

「念のため確認しておくが、心霊現象と誤解されるような現象はどうだった？」

「それらしい物音がしたことはありましたが、以前部長が云っていたように他の部屋から伝わってきた生活音だと思います。強いて云えばリビングのドアが閉まりやすいので、調整は必要かと」

「そうか、色々と助かったよ」

久也たちの報告に、中原はほっとした表情を浮かべた。幽霊などいるわけがないと云いながらも、心の隅では不安に思っている部分もあったのだろう。

実際、有川が成仏したあとは至って平和で何もない。問題はマンション内の噂話だが、榊の作戦が功を奏したのか、あまり耳にしなくなったとコンシェルジュが云っていた。

「今日は君たちに謝らなくちゃいけないことがあるんだ」

「何かあったんですか？」

今度はどんな無茶を振られるというのか。

「実はな、社員寮の空きが一部屋しか用意できなさそうなんだ。だから、君たちどっちが住むか話し合って決めてもらえないだろうか？」

申し訳なさそうな顔はそのためだったのかと納得する。

「俺たち、社員寮の申請は取り下げるつもりです」

久也がそう切り出すと、中原は意外そうな顔をした。

「申請の取り下げ？　またどうして？　どこに住むつもりなんだ？　いつまでもあの部屋に住まわせておくわけにはいかないんだぞ」

「実は二人でルームシェアをしようかと思いまして。二人で住めば便利だとわかったので」

榊が簡潔に説明してくれる。二人で話し合ってそう決めたのだ。そうすれば家賃も浮くし、榊の手料理も食べられる。何より一緒に過ごす時間を減らしたくない。

「ほう、ずいぶん気が合ったようだな」

「ええ、まあ」

自分たちが恋人同士になったとは想像もしていないだろうが、隠しごとをしているという事実が微かに後ろめたい。

「一緒に暮らすならタイプが違うほうが上手くいくっていうしな。二人で住む部屋の目星はついてるのか？　社員同士のルームシェアでも家賃補助が出るから安心してくれ」

久也たちの報告に中原は肩の荷が下りた様子だった。二人とも寮を希望しなければ、調整の必要もない。

「いえ、それはこれから二人で探そうと思ってます」

これからの新生活を考えると、期待で胸が弾む。久也は隣に控えている榊の顔を見上げた。榊も久也に視線を送り、ほんの少し口元を緩めた。

「部屋が決まるまでくらいなら、ある程度猶予は延ばせるから何かあったら相談してくれ」

「ありがとうございます。そう云っていただけると助かります」

榊が頭を下げたのに合わせて、久也も同じようにした。まるで結婚の挨拶のようだとむず痒い気持ちになる。

「家賃補助が出るのは助かったな」

「そうですね。早めに部屋を見つけないといけませんね。引っ越しの手配もしないと」

会議室をあとにし、久也と榊は社員食堂へと向かった。少し出遅れてしまったため、人気のメニューはすでに品切れしているかもしれない。

ポーカーフェイスを保っているけれど、榊も浮かれているのが伝わってくる。

肌を重ねるようになってわかったのは、彼は存外に表情豊かだということだ。他人から見たらほんの微かな変化だが、久也に対しては雄弁だ。

よく観察すると唇の端の持ち上がり方や目の細め方、眉の動きで違いがわかる。

（言葉自体も雄弁なんだけど……）

恥ずかしさを感じる点が久也とは違うようで、気障《きざ》な言葉も平然と口にしてくる。直裁で嫌みだと思っていた発言が、こと恋愛に関することとなるとあんなに居たたまれないものになるとは。

最後の一つだったハンバーグ定食をトレーに載せ、久也は食堂内の空席を探す。壁際の四人がけテーブルが空くのを待ち、二人はそこに腰を落ち着けた。

「週末、不動産屋巡りをしようか。ネットに出てない物件もあるだろうし」

「そうですね。知り合いの不動産屋にもいい部屋がないか聞いておきます」

一つずつ先のことが決まっていくことが嬉しい。どんな部屋にしようかと想像を膨らませていたら、頭上から声をかけられた。

「お、いたいた。ちょうどよかった。俺もここ座っていいか？」

「梅原。珍しいな、ランチに出遅れるなんて」

いつ何時も定時を守る男が貴重な昼休みにモタモタしていたなんて珍しい。

「ちょっとな。書類の整理をしてたら、時間食っちゃって。実はさ、整理中にお前らに見せたい面白いものがあったから持ってきたんだ」

「面白いもの？」

「何年か前のインターンのときの写真」

梅原は思わせぶりな笑みを浮かべながらそう云って、ポケットから一枚の写真を取り出した。まだ大学生の若々しい面々が緊張した面持ちで写っている。

「この写真の何が面白いんだ？」

「この中に天海のよく知ってるやつがいるんだけどわかるか？」

「俺の知ってる人はこの中にはいない気がするけど……」

写真に顔を近づけて一人一人確認していくけれど、全くわからない。

「榊、お前ならわかるよな？」

「これ、榊の同期なのか？」

「ええ、まあ。これが俺なので」

「えっ、嘘!?」

本人が指さした先には、野暮ったい眼鏡をかけ、前髪も長くぱっとしない細身の青年が写っていた。

「別人すぎてビックリするだろ」

髪型だけでなく体格も違う。猫背《ねこぜ》気味のせいか、いまと違って存在感も薄い。別人のようにしか見えないけれど、久也は奇妙な既視感も覚えた。

(どこか見覚えがあるような……)

引っかかるのに、どうしても思い出せない。

「ずいぶんこざっぱりしたよな。体も鍛えちゃって、大学デビューならぬ新入社員デビューってか」

「おい、梅原。そういう云い方はよくないんじゃないのか?」

外見に関する揶揄《やゆ》はよろしくない。久也が苦言を呈すると、榊が不思議そうな様子で梅原に問いかけた。

「好きな人にカッコいいって思われたくて努力することの何がいけないんですか？　梅原さんはそういうことしませんか?」

「えっ？　い、いや…悪くなんてないけどさ……」

真正面から問い返されると思っていなかったのか、梅原は目を泳がせている。バツが悪そうに口ごもる梅原を余所《よそ》に、久也は榊に訊ねてみることにした。

「あのさ、榊。俺、お前と前にどこかで会ったことなかったか?」

「ありますよ、入社前に」

「入社前？　というと、大学生のときか？　でも、俺はインターンには関わってなかったけど」

「就活中のことです。面接の日、会社の前のベンチで休んでたときに声をかけてくれたの覚えてませんか？」

「ベンチ？　――あー！　あのときの！」

与えられたヒントを頼りに、あの日の記憶が蘇ってくる。

久也は出先から戻る最中、会社の近くのベンチでへたっている就活中の学生を見つけて介抱したことがあった。面接を前に緊張しすぎて気持ち悪くなっていたのだと彼は云った。

水を飲ませて休ませ、顔色がよくなってきたところで見送った。

自分の会社を受けるというから、先輩風を吹かせたのだが、まさかあの学生が榊だったとは。

「でも、もっとひょろ長くて色も白かった気が……」

前髪も重く、細身で姿勢も悪かった。身に着けているスーツは良質なものだったが、スーツに着られているような状態だったことをよく覚えている。

背伸びをして襟《えり》を整え、ネクタイを締め直して送り出してやった。

「確か、前髪上げろって云ったんだったよな」

そのときに見上げた顔立ちが意外と整っていることに気づき、前髪を上げておでこを出したほうがいいと告げたのだ。

「それから、緊張して上手くいかないなら、違う人間になりきればいいって。理想の誰かになりきって演じれば、思い切ったことも云えるし、失敗しても役柄のせいにできるって――先輩にそうアドバイスしてもらったんです」

「俺、そんなこと云ったっけ……」

自信なさげな青年を励ましたような記憶はあるが、内容はすっかり忘れていた。恐らくその場の思いつきで、深く考えずに発言したのだろう。

そんないい加減な言葉が、一人の人間をここまで変えることになるなんて誰が想像できただろうか。

「あ、前に恩返しって云ってたのって、もしかして――」

「あのときのことです」

榊は幾分気恥ずかしそうな顔をしているが、この変化に気づいているのは久也だけだろう。

「そんな、俺は大したことしてないのに」

「俺にとっては世界が変わるできごとでした。あれから体も鍛え始めたんです。……相応しい人間になりたくて」

「え？」

梅原の前だからか明確な言葉を口にするのは避けているようだったけれど、榊の眼差しは久也にまっすぐ向いていた。

「天海、お前すげーいいことしたんだな」

榊の話に、梅原は純粋に感心している。

「何か、そうみたい」

他人事のように答えていたら、榊がテーブルの下で久也の手を握りしめてきた。

「……っ！」

こんな場所で何をするんだと叱りたい気持ちもあったけれど、榊の手のひらから言葉以上の感情が伝わってくる。

（やっぱり俺たち、バカップルの素質あったのかも……）

　じわじわと顔が熱くなっていくのをごまかしきれない。不自然に黙り込んだ久也の顔を見て、梅原が心配そうに声をかけてきた。

「おい、天海。顔赤いけど大丈夫か？　体調悪いのか？」

「へ、平気平気。ちょっと暑いだけだから」

　いくら日差しが強いとは云え、食堂内はよくクーラーが効いている。久也は説得力のない云い訳を口にしながら手のひらを裏返し、榊の手を強く握り返した。

甘い生活

「榊《さかき》はどの辺りに部屋を借りたいとかあるか？」

「そうですね。通勤が楽な場所がいいかな」

「ちょっと時間がかかっても、乗り換えがないところで手頃な部屋があるといいんだけど」

社宅住まいもあと一ヶ月。ということは、急いで次の部屋を探さねばならないということだ。

部長の中原《なかはら》はいくらか融通《ゆうづう》を利かせてくれると云っていたけれど、何週間も引き延ばすわけにはいかない。というわけで、久也《ひさや》と榊はそれぞれスマートフォンの検索画面をスクロールしながら、希望に合う部屋を探していた。

「先輩、この部屋どうですか？　部屋数も多いし、キッチンも広くて使いやすそうですよ」

「ん？　駅からも近いし、いい間取りだな。——って、お前、家賃にいくら出すつもりなんだ？　いくら補助が出るって云ったって、さすがに高すぎるよ」

「俺が多めに出しますよ。先輩、仕送りとかあるからあんまり余裕ないでしょう？」

「バカ云うな、後輩にそんなことさせられないよ」

「でも、俺のほうが部屋多く使いますし」

「ちょっと待て。あのトレーニングマシンは実家に送り返せよ」

「どうしてですか？　このリビングに置けばちょうどいいと思ったんですけど」

「却下！　ジムには俺が一緒に行ってやるから我慢しろ。誰かに声をかけられそうになったら、俺が助けるから」

「……わかりました。先輩がそう云うなら……」

「あと、お前はもっと身の丈に合った生活を心がけろ。まさか、毎月給料を使い切ってるんじゃないだろうな？」

食費は半分ずつ負担することになっているが、スパイスや調味料などは榊が自腹で揃えていた。こだわりがあるものに関しては出し惜しみしないタイプのようだ。

「ある程度は貯蓄に回してますよ。株の配当もいくらかあるので、少しは余裕がありますし」

箱入り息子発言にはツッコミを入れる気にもならないが、二人で暮らしていくのだから意識は変えてもらわなければならない。

「とにかく！　長く住むんだから、無駄遣《づか》いはよくないって」

「長く……」

久也の忠告に榊は真面目な顔で考え込んだ。

「住み替えることになるとしても、少なくとも五年くらいは同じところにいたいし。給料が上がったら、そのときにまた新しい部屋を探せばいいじゃん」

「――そうですね。ずっと一緒に暮らすんですもんね」

「そうだよ」

「先輩は一戸建てが夢なんでしたっけ？」

「うん、庭つきが理想。お前がよければ一緒に買えたらいいけど、まだ気が早いか」

家を買うと転勤が回ってきやすいというジンクスもある。二十代の内はまずは社内での足場を固めるのが先決だろう。

「先輩は俺と添い遂《と》げてくれるつもりなんですか？」

「え？　あっ、ごめん！　めちゃくちゃ気が早かったよな！」

　榊の問いかけに、はっとした。当たり前のように十年後、二十年後を考えていたけれど、榊も同じような気持ちでいるかどうかはわからない。

「いえ、先輩の気持ち、すごく嬉しいです。そんな先のことまで考えてくれてたなんて――まるでプロポーズですね」

「そっ、そういうつもりじゃ……」

　否定しつつも、榊の云うとおりかもしれないと思った。男同士だから結婚というものを考えていなかったけれど、当たり前のように死ぬまで一緒にいるだろうと無意識に思い込んでいた。

「改めてプロポーズしてくれるということですか？」

「そういう話はまだ早いから！　ほら、いまは急いで部屋探しをしないと！　まずはお互いの条件を擦《す》り合わせたほうがいいよな」

　榊とつき合い始めたという事実に、我ながら浮かれすぎていたようだ。気恥ずかしくなり、無理やり話題を変える。

「そうですね。また今度改めて。キッチンは最低でも二口コンロのところがいいです。それだけは譲《ゆず》れません」

「わかった。俺は風呂トイレ別がいい。そうだ、お前は個室がないとダメなんだよな？」

「そんなことないですよ」

「え、でも、自分の空間に他人に入り込まれるのは嫌だって云ってたじゃん」

「先輩なら大丈夫です。もう他人じゃありませんしね」

「……！」

さらりと殺し文句を告げられる。ドギマギしている自分をごまかすために軽く咳払いをした。

「じゃあ、寝室一つにリビング用の部屋一つで２Ｋか１ＬＤＫあたりでもいいか。ベッドは一つでいいよな。お前のやつ十分広いし」

「先輩はそれでいいんですか？」

「何かまずい？」

「いえ、その、一緒だと我慢できない日もあるかもしれないので」

「な……っ」

真顔で申告され、久也は言葉を詰まらせた。

恋人同士で共に寝るということは、睡眠以外の目的も含まれる。そのことを忘れていたわけではないけれど、そこまでストレートに申し出られるとは思わなかった。

「……べ、別にいいよ。我慢できない日は我慢しなくていいし。第一、我慢できないのがお前だけとは限らないんだからな」

久也は自分の発言のあまりの恥ずかしさに茹《ゆ》で蛸《だこ》のようになっていた。

「――あんまり可愛《かわい》いこと云わないでもらえますか？　むしろ、いま理性を保つのが難しいです」

「へ？」

「これ以上煽《あお》るようなら、いますぐ押し倒しますよ」

「ちょ、ちょっと待て！　これ百万以上するソファなのに、汚したらどうするんだ！」

煽ったつもりはないし、いま腰を下ろしているのは榊が実家から持ってきたイタリア製の有名ブランドのソファだ。

そういった行為でシミなどつけてしまった場合、弁償額がいくらになるか想像もつかない。

「汚したらクリーニングに出せばいいのでは？」

「業者に何て説明するんだよ！　お前の親にも伝わったら恥ずかしいどころの話じゃないぞ」

「なるほど、少々憚《はばか》られますね」

「少々どころじゃない……」

「そうか。つまり、ソファでなければ問題ないと？」

「そういう問題じゃ――いや、そういう問題か……？」

榊と話していると、本題がよくわからなくなってくる。いや、むしろ本質を炙《あぶ》り出されているのだろうか。

「先輩は俺に押し倒されることに関しては吝《やぶさ》かではないということですか？」

「え？　あ、いや、まあ、どうしてもっていうなら……」

「どうしても先輩が欲しいです」

「うわっ」

榊はおもむろに立ち上がり、久也を軽々と抱き上げた。不安定な体勢が心許《こころもと》なく、久也は慌《あわ》てて榊の首に腕を回す。

「一度、お姫さま抱っこをしてみたかったんです。鍛《きた》えた甲斐がありました」

意外とロマンチックな夢を抱いていたとわかり、久也は笑ってしまう。

「……絶対に落とすなよ」

「仰《おお》せのままに」

久也の命令に、榊ははにかむように口元を綻《ほころ》ばせた。この笑顔が見られるのは自分だけだと思うと、何とも云えない優越感と幸福感に満たされる。

久也はしがみつく腕に力を込め、榊の首筋に顔を埋めた。

あとがき

初めまして、こんにちは。藤崎《ふじさき》都《みやこ》です。

この度は拙作をお手に取って下さいましてありがとうございました！

今回はちょこっとホラーテイストのお話になりましたが、いかがでしたか？

こういった幽霊が出るお話は初めて書いたのですが、怖いシーンなど楽しく書かせていただきました！

不本意に同居することになって関係が始まるお話はよくありますが、それが幽霊の出る事故物件ならどうかな？　というところから、今回のお話は生まれました（ホラー映画やホラー小説が好きなのもありますが）。

古い洋館やボロアパートに幽霊が出るなら、築浅のタワーマンションにも出ることだってあるのではと思いまして……。

怪談系だと、エッチなことをすると霊を追い払えるという話やラブホテルには幽霊が出やすいという話など耳にしますよね。「結局どうなの？」と疑問に思って考えてみたのですが、幽霊次第なのではという結論に至りました。

生きている人間にそれぞれ個性とか性格があるんだから、幽霊にだって好みや事情があるんじゃないかなぁと。そして、せっかくなのでその除霊方法を試してもらうことにしました（笑）。

二人の事故物件生活は三ヶ月で終わりましたが、きっとこれからもあちこちで不穏な雰囲気を感じて怖がる久也《ひさや》を、榊《さかき》がフォローしながら生活していくんじゃないかと思います。

担当さんにアドバイスいただいた箇所もたくさんあり、お陰で物語にメリハリがつきました。今回も大変お世話になりました。ありがとうございます。今後ともどうぞよろしくお願いします！

そして、端正なイラストでお話を彩って下さいました二宮悦巳《にのみやえつみ》先生にもお礼をさせてください。

久也と榊のキャラデザをいただいたとき、黄色い悲鳴が上がりました。素敵な表紙や物語に引き込まれるような挿絵たちと可愛くてカッコいい二人をありがとうございました！

最後にこの本をお手に取って読んで下さった皆様にも改めて感謝を。本当にありがとうございました！　少しでも楽しんでいただけていたら幸いです。

まだまだ落ち着かない状況が続いていますが、どうか皆様お体に気をつけてお過ごし下さいね。

それでは。またいつか、どこかでお会いできますように！

二〇二二年二月

藤崎都

竜人は十六夜に舞い降りて《りゅうじんはいざよいにまいおりて》

藤崎 都
イラスト：小山田あみ

957円（本体 870円+税 10%）

サラリーマンの秦野螢は、母を亡くしたことがきっかけで父とは疎遠なまま暮らしている。亡くなった祖父は、怪我をあっというまに治したり竜人の出てくる昔話をしてくれたりと不思議な人だった。そんなある日、会社でいつも螢にちょっかいをかけてくる寺内から、倉庫で襲われてしまう。危機を感じた螢は、つい、祖父の形見であるペンダントを握りしめ、助けてと祈ってしまう。すると、突然光があふれ出し、オリエンタルな雰囲気の美形すぎる男が現れる。グレンと名乗るその男は、螢の願いによって異世界から飛んできたといい、さらに祖父の親友だと言い出して——!?

リンクスロマンス大好評発売中

子育て男子はキラキラ王子に愛される《こそだてだんしはきらきらおうじにあいされる》

藤崎 都
イラスト：円之屋穂積

957円（本体 870円+税 10%）

営業マンの巽恭平は、亡き姉の一人息子で幼稚園児の涼太と二人暮らし。日々子育てと仕事に追われる中、密かな楽しみはメディアでも騒がれるほどのパーフェクトなイケメン広報・九条祐仁のストーキングをすることだ。がたいがよく強面な自分の恋が叶うはずがない、遠くから見ているだけでいい——そう思っていたけれど、ある日ひょんなことから巽がストーカーをしていることが九条にバレてしまう！ところが九条は平気な様子で、むしろ「長年のしつこいストーカーを追い払うため」と称して巽に偽装恋人になってくれと言ってきて…!?

セレブ結婚はシナリオ通りに進まない《せれぶけっこんはしなりおどおりにすすまない》

藤崎 都

イラスト：円之屋穂積

957円（本体870円+税10%）

警備員の椎名大智は、新作映画のプレミアムイベントで ボディーガードを務めた超美形の人気俳優・佐宗司に、後日、突然「僕と結婚してほしい！」と懇願される。実はそれは、佐宗の俳優業を良く思わない名家の親族たちを あざむくための『偽装結婚』で、恋人のふりをしてほしいという“仕事の依頼”だったのだ。借金返済に追われる椎名は、多額の報酬と引き換えに依頼を引き受けることに。ところが、演技派・佐宗の恋人役を演じることは、ろくな恋愛経験がない椎名には心臓に悪いことばかりで…!?

リンクスロマンス大好評発売中

将軍様は溺愛中《しょうぐんさまはできあいちゅう》

朝霞月子

イラスト：兼守美行

957円（本体870円+税10%）

異国出身ながらその実力と功績から「三宝剣」と呼び声高い二十七歳の寡黙な将軍・ヒュルケンと、元歌唱隊所属の可憐な癒し系少年・フィリオ。穏やかな空気を纏う二人は、初心な互いへの想いを実らせ、紆余曲折の「仮婚」を経て、めでたく結婚！ 幸福の絶頂の中、穏やかで愛しい時間を紡いでいたのだが、フィリオを独占したいヒュルケンの熱い想いの前に、様々な障害が……？

＜寡黙な将軍 × 癒し系少年＞溺愛結婚ファンタジー。

緑の神子は夢を見る
～英雄王に捧げる四度目の初恋～

みどりのみこはゆめをみる～えいゆうおうにささげるよんどめのはつこい～

飯田実樹
イラスト：金ひかる

1，100円（本体 1，000円+税 10%）

人々を正しく導く神の依り代としての神子・セラフィと、彼を守るため人間の中から選ばれた英雄王。英雄王は命尽きても魂の転生を繰り返し神子を守り続け、二人は永久に絶対的な主従のはずだった。しかし三人目の英雄王・ヴィルヘルムとセラフィの結びつきは強く、いつしか主従以上の特別な想いを寄せ合うように。そんな中、敵に急襲され英雄王は重傷を負い、神子は英雄王の最後の魔力で異世界へと転移させられる。そして、いざ転移先から元の世界に戻って来たセラフィだったが、すべての記憶を失い、光樹という平凡な日本人として生きていたらしく……？

リンクスロマンス大好評発売中

アドレアの祝祭～聖獣王と幸運の番～

あどれあのしゅくさい～せいじゅうおうとこううんのつがい～

宮本れん
イラスト：サマミヤアカザ

957 円（本体 870 円+税 10%）

両親を亡くし一人健気に生きるアンリは、大雨の日に森で迷っていた一人の男と出会う。静かに語り合う中で、穏やかで頼もしい彼に心惹かれていくアンリ。一夜限りの逢瀬だと思い寂しく思っていたアンリの元に、数日後、王太子からの遣いがやって来る。実は彼は、国を治める五人の領主の一人で【真の聖獣王に最も近い】と言われるサーベルタイガーの獣人王子・ジークフリートだったのだ。アンリこそが長年探し求めていた【運命の番】だと確信したというジークフリートに、番になってくれと求められたアンリは……？

運命の騎士と約束の王子

うんめいのきしとやくそくのおうじ

真式マキ

イラスト：兼守美行

957 円(本体 870 円+税 10%)

新人小説家の有樹は、「ラガリア物語」という小説を上下巻で出すことになるも出版社の都合で上下巻での刊行ができなくなり、上巻部分のみで急遽完結させた。徹夜で作業を終わらせた有樹は、夢の中で自らを「ラガリア物語」主人公の王子・ユリアスだと名乗る、自分と同じ姿の青年に出会う。彼は有樹に無理矢理完結させられた「ラガリア物語」を正しく完結させてほしいと言う。目覚めると、そこにはラガリア王国騎士・アルヴィアが、本文には描写のない優しい眼差しで王子である有樹に接していた。物語を進めていくうちに、有樹はアルヴィアが王子に向ける優しさに惹かれていき…!?

リンクスロマンス大好評発売中

神使いの蝶は誓いの聖騎士に祝福を捧ぐ

かみつかいのちょうはちかいのせいきしにしゅくふくをささぐ

葵居ゆゆ

イラスト：北沢きょう

957 円(本体 870 円+税 10%)

幼少期の記憶がない施設育ちの実羽は、ある日リスタリニア王国という異世界に飛ばれてしまう。そこは「神の使い」と呼ばれる神秘の蝶人・フェアリル族と人間が共存する世界で、実羽はその国で生まれたフェアリルらしい。フェアリル族の体液には傷や病気を癒す不思議な力があるが、一度誰かと体液を交わしたら最後、七日内に再度相手の体液を摂取しなければ命を維持できないという。さらに、最初に発見し助けてくれた銀髪の騎士・アルギュロスに、「お前とは幼馴染みで、ずっと好きだった」と一途な想いを告げられるも、子供の頃の記憶がない実羽はどうしても彼の言葉が信じられなくて…!?

この本を読んでの
ご意見・ご感想を
お寄せ下さい。

〒151-0051
東京都渋谷区千駄ヶ谷4-9-7
(株)幻冬舎コミックス　リンクス編集部
「藤《ふじ》崎《さき》 都《みやこ》先生」係／「二《にの》宮《みや》悦《えつ》巳《み》先生」係

リンクス ロマンス

事故物件ハネムーン

2022年3月31日　第1刷発行

著者……………藤《ふじ》崎《さき》 都《みやこ》
発行人…………石原正康
発行元…………株式会社　幻冬舎コミックス
〒151-0051　東京都渋谷区千駄ヶ谷4-9-7
TEL 03-5411-6431（編集）
発売元…………株式会社　幻冬舎
〒151-0051　東京都渋谷区千駄ヶ谷4-9-7
TEL 03-5411-6222（営業）
振替00120-8-767643
印刷・製本所…株式会社　光邦
検印廃止

ISBN978-4-344-85020-0 C0293
Printed in Japan

幻冬舎コミックスホームページ　https://www.gentosha-comics.net